alliteraverlag

Felix Hoerburger wurde im Jahr 1916 in München geboren und studierte dort Musikwissenschaft und -ethnologie. 1941 promovierte er über Musik aus Ungoni, 1963 habilitierte er sich mit einer Arbeit über Tanz und Tanzmusik der Albaner im Kosovo und in Makedonien. Ab 1968 arbeitete Hoerburger an der Universität Regensburg als einer der führenden Musikethnologen in Forschung und Lehre bis zu seinem Ruhestand im Jahr 1976. Hoerburger starb am 3. Februar 1997. Er gilt als Schöpfer der sogenannten »nordsüdneuhochschnubiglbaierischen Mundart«.

motto

schnubiculemus igitur
quoniam nil nescimus
wia der lateiner sagt
nix wissma mia net
nix
das ist wissenschaftlich nachgewiesen
wir wissen nichts
also laßt uns schnubigln

Felix Hoerburger

neueste nachrichten aus der schnubiglputanischen provinz

Mit Zeichnungen von Josef Wittmann

allitera verlag

edition monacensia
Herausgeber: Monacensia
Literaturarchiv und Bibliothek
Dr. Elisabeth Tworek

Dieses Buch erschien erstmals 1977
im Verlag Friedrich Pustet, Regensburg.

Weitere Informationen über den Allitera Verlag und sein Programm
unter: www.allitera.de

Bibliographische Information Der Deutschen Bibliothek
Die Deutsche Bibliothek verzeichnet diese Publikation
in der Deutschen Nationalbibliographie;
detaillierte bibliographische Daten sind im Internet
über <http://dnb.d-nb.de> abrufbar.

Mai 2008
Allitera Verlag
Ein Verlag der Buch&media GmbH, München

Umschlaggestaltung: Kay Fretwurst, Freienbrink unter Verwendung von
Zeichnungen von Josef Wittmann
Herstellung: Books on Demand GmbH, Norderstedt
Printed in Germany · ISBN 978-3-86520-293-2

vorbemerkung

es ist darauf hinzuweisen
daß eventuelle ähnlichkeit
oder gleichheit
von hier beschriebenen
personen
oder ihren namen
oder eahnane gloznbambimberl
mit eventuell lebenden
personen
oder ihren namen
oder eahnane gloznbambimberl
rein zufällig wär

preambel
an stelle einer gebrauchsanweisung

a jédes schtückl ghört ghört –
ghört schlawúzl klingl klangl ghört –
ghört schlawúzl tingl tangl áufgsagt
und schlawúzl schlingl schlangl
schlíck schlack verschtehst
a jédes schtückl ghört ghört
ghört schlawúzl klingl klangl ghört
    was ghörts nacha
    no ja ghört ghörts halt
    so ghört ghörts
    wia ghörts nacha ghört
    no ja aufgsagt ghörts halt
    so aufgsagt ghörts
    was ghört nacha aufgsagt
a jédes schtückl ghört áufgsagt
und schlawúzl schlingl schlangl
schlick schlack verschtehst
a jédes schtückl ghört ghört
ghört schlawúzl klingl klangl ghört
      verschtehst mi ötzat

notabenschgerl zur preambel

des is a halbschnalzer
des mittlere schtückl sagst ganz lescheer
des anfangs und des endschtückl
de zwoa ghörn im landlertakt aufgsagt
der akzentatschenplembemperer (´) is allawei
der erschte taktteil von aram takt
verschtehst mi
der gedankenschtrich (–) is allawei
a pause aufm zweiten taktteil verschtehst mi
und bitt gar schön
allawei sauber die ohrwaschln aufmacha
daß ma die musik besser klingln hört
i bitt gar schön

siauschuacherln
oder
schnubiglbairische
pezographie

notabenschgerl

diese schnubiglbaierischen kurzgeschichten
heißen mit eahnan
nord-süd-hoch-schnubigl-baierischen
Fachausdruck
siauschuacherln

manche orientalisten behaupten
daß des wort
von dem chinesischen wort
xiǎo shuō
kommt
des heißt kloans schprecherl
aber a jeds kind
weiß heutzutag
das obiges chinesisches Wort
natürlich aus dem schnubiglbaierischen
übernommen worden ist
ganz klar

小說

der hosnzambeibigl
probier über dessen wert und aussehen

es is no gar net lang her
da bin i mit mein freind zammaghockt
an ganzn abend samma zammaghockt
und hama dischkriert und gschtrittn
um des
was a hosnzambeibigl kostn derf
woaßt as scho
a neicha hosnzambeibigl
so oana
den wo no koana in die hend ghabt hat

a so a hosnzambeibigl
kost allawei
seine viera schniebazg markl
bal er nei is
und baln no koa gscheckata aff
in seine dreckatn hend ghabt hat
a so a hosnzambeibigl

a hosnzambeibigl

aber freili
bal er nach was ausschaung soi
na muaß er obn
woaßt scho
na muaß er obn
a kloans schnúznbuffédidl ham
a ganz a kloans
a kloanwunzigs schnuznbuffedidl
net a so a großs
so a großkopferz
wias die gscheckatn affn
auf der maiduit ham
a ganz a kloans schnuznbuffedidl

a schnuznbuffedidl

manche ham an eahnane hosnzambeibigl
auf der seitn
zwoa oder drei fáxnwannstmeímugl
blaue faxnwannstmeimugl
oder greane
na werd er erscht zimfti
der hosnzambeibigl
bal er faxnwannstmeimugl dran hat
auf der seitn
blaue oder greane

faxnwannstmeimugl

um des hamma mir gschtrittn
die halberte nacht
hamma mir dischkriert um des

am andern tag siech i eahm
im lechl auf der schtraß
und pfeigrad hat der mensch
an neicha hosnzambeibigl in die hend
und wiari hinschaug
was glaubst
was des für oaner war
des war a hosnzambeibigl
ohne schnuznbuffedidl
und ohne faxnwannstmeimugl

des soi a hosnzambeibigl sei
ge
ohne schnuznbuffedidl
und ohne faxnwannstmeimugl
ge

a hosnzambeibigl

der podagraxl

wann ma die bibackl
und die tribackl
und die knibackl schnurglt
na bext eim der zipperl
ind zeha eini
laß da nur zeit
und erscht dem podagraxl sei zipfibruada
dem graxlpoda
dem podagraxl sei schneibizaderner
sei schneibixlder zipfibruada
bal di *der* erscht grauglt
göi da schaugst bua

hat da dei hexndederer einibixt
ind schlumba blunzn
und der kleimbigler
dein hinterbungler halbat auskeglt
und da hepfnbichler
und der klezndandler
und allesamt überanand
heb di nur ein

aber
wannst amoi die bibackl
und die tribackl
und die knibackl schnurglst
na bext di der zipperl fei sauber
ind zeha eini
laß da nur zeit
und erscht dem podagraxl sei zipfibruada
dem graxlpoda
dem podagraxl sei schneibizaderner
sei schneibixlder zipfibruada
bal di *der* erscht grauglt
göi da schauxt bua

perikletten

zu meiner zeit hat a jeder gwußt
was a schtaunperiklettnknuzerer is
wer no koan gseng hat der hat si schama gmüßt
schama hot si der gmüßt

i hob am schtaunperiklettnknuzerer scho nachgschaugt
auf der schtraßn
wia i no a kloana bua gwen bin
da hab i eahm scho nachgschaugt
wiara dahergwacklt is
wiara dahingwatschlt is
wiara dahingwatschacklt is
mit seine periklettn unterm arm
schtaunperiklettn hat a gschrian
frische warme schtaunperiklettn
und dleit san eahm nachgrennt
ois waarns ganz damisch überanand
daß' frische periklettn kriang
deszweng sans eahm nachgrennt
dem schtaunperiklettnknuzerer

heitzutog sans rar gwordn
die schtaunperiklettnknuzerer
de leit meng koane periklettn nimma
des is was für die paraber sagn dleit
für die ganz gscheertn sagn dleit
für die paraber is des was
mir meng was nimmer heitzutag

des is was für die oitn deppn
für die san die periklettn guat
aber mir meng so was nimmer heitzutag sagn dleit

die leit ham hoit koan rechtn gschmack nimmer
koan gschmack ham de leit nimmer des sog i
und deszweng sans rar gworden

die schtaunperiklettnknuzerer
hegstns daßd no wurlwaaznbaberer sigst auf der schtraß
wurlwaaznbaberer sigst scho no auf der schtraß
aber koane schtaunperiklettnknuzerer nimmer
weil dleit koa interesse nimmer ham
an die periklettn
dleit
o mei

vorige wocha bin i ins kaufhaus ganga
und hab a freilein gfragt
sie freilein wo gibts denn da perikletten
wissens scho so schtaunperikletten
wia mas seinerzeit ghabt hat
was mechtens hats gsagt
schtaunperikletten hab i gsagt
und da hat sie mi angschaugt
ois wia wann i da neandertoni persönlich waar
perikletten hats gsagt
so was oitmodisch führn mir net
so was oitmodisch
mia san a neimodischer lodn
a neimodischer verschtengerns mi
so was oitmodisch hamma mir net

hegstns wurlwaazn
die kanntns scho kriang da hint in dem eck
aber schtaunperiklettn
naa so was führn mir net so was oitmodisch
hegstns wurlwaazn
fragns in dem eck da hint

na bin i hoit in des eck hintri und hab gfragt
obs schtaunperiklettn ham
naa hat die verkeiferin gsagt
schtaunperiklettn hama mir net
i woaß scho was sie mechertn ehrlich
mei großmuatern hat soicherne schtaunperiklettn ghabt
aber de gibts scho lang nimmer

bloß wurlwaazn hama
da schaungs hera da
ganz gliezerte biberlferbige glozerte
schniebladerne wurlwaazn
mir kriang de ganz frisch
ehrlich ganz nei vom wurlwaaznbaberer
alle tag kriang mas frisch eina
vom wurlwaaznbaberer ehrlich
manche leit meng so was
mei gschmack waars ja net
aber
ehrlich
ganz neie wurlwaazn

naa hob i gsagt i mecht koane wurlwaazn net
aa net wanns vom wurlwaaznbaberer selber san
i mechat schtaunperiklettn
richtige gluamaserne schteibiglerte
bluzbinderne schtaunperiklettn
bitt hoit recht scheen sangs ma in gottes nama
wo i schtaunperiklettn kriag freilein
sans hoit so liab

jetzat gengas zua
hats gesgagt und is happi worn
jezat lassns mi doch mit eahnane
damischn schtaunperiklettn in ruah
mir hama koane hats gsagt ehrlich
und überhaupts gibts soicherne periklettn gar nimma
koa mensch kafft periklettn ehrlich
i taat mi schama mit eahnane periklettn

na bin i ganga und hama denkt
was san des für leit heutzutag
die wo koane schtaunperiklettn nimmer meng
soicherne periklettn
wo ma mir uns scho ois kinder drum grafft hamd
so gluamaserne schtaunperiklettn
o mei o mei o mei

i sogs ja
die leit heitzutag die leit
o mei

das märchen
vom schnapunzlbuxfibeigl

es war amoi a schnapunzlbuxfibeigl

jetzat wißts es wieder net
was a schnapunzlbuxfibeigl is
schamts enk
schauts im schmeller nach
da werdses findn

naa da schtehts aa net drinat
herrschaft seitn
und jetzat woaß i aa wieder net
was a schnapunzlbuxfibeigl is

jednfois
es war amoi a schnapunzlbuxfibeigl
a ganz a kloana schnapunzlbuxfibeigl
mit an soichan langen schnurrbart
und a soichana rotn zipfikappn aufm kopf
aba sonst wars a guata schnapunzlbuxfibeigl
des muaß ma scho sagn

eines tages is er aussi in woid
zum schwammerl brocka
und wiara so hinum und herum geht
auf oamoi schteht vor eahm
a mordstrumm gnuznbambumperer

jetzat wißts es wieder net
was a gnuznbambumperer is
schamts enk
schauts im schmeller nach
da werds es findn

naa da schtehts a net drinat
herrschaft seitn

und jetzat woaß i aa wieder net
was a gnuznbambumperer is

jednfois
auf oamoi schteht
der schnapunzlbuxfibeigl
vor einem mordstrumm gnuznbambumperer
vor einem soichernen trumm
mit soicherne ohrwaschln
und soicherne aung
mit dene hat er oiwei dleit angschaugt
aber sonst wars a guata gnuznbambumperer
des muaß ma scho sagn

der hat den kloan schnapunzlbuxfibeigl
bei die hend gnomma
und is mit eahm eini in woid ganga

auf oamoi schtengan die zwoa
vor dem haisl
von der oitn schnupfnbumbeikuttl

jetzat wißts es wieder net
was a schnupfnbumbeikuttl is
schamts enk
schauts im schmeller nach
da werds es findn

naa da schtehts aa net drinat
herrschaft seitn
und jetzat woaß i aa wieder net
was a schnupfnbumbeikuttl is

jednfois
de oit schnupfnbumbeikuttl
schaut ausm fenster aussi
mit einer soichernen langen nasn
und soicherne zahnluckn

aber sonst wars a guate schnupfnbumbeikuttl
des muaß ma scho sagn

de sagt zu dene zwoa
kommts eini zum essn
die schwammerlsuppn is scho ferti

der kloa schnapunzlbuxfibeigl
hat an mords trumm kohldampf ghabt
aber der gnuznbambumperer hat eahm
ins ohrwaschl gwischpert
koa schwammerlsuppn net essn
hat er gwischpert

na ham se die zwoa nieder ghockt
und ham so dan ois ob
und weil die schnupfnbumbeikuttl
miserablige augn ghabt hat
und weils ghört hat
wia die zwoa gschmatzt hamd
und a und o gschrian hamd
deszweng hats gmoant
daß die zwoa glei vor lauter kohldampf
scho die halbate schwammerlsuppn
aufgessn hamd
und da hats ihrn blimbamburischtixn ghoit

jetzat wißts es wieder net
was a blimbamburischtixn is
schamts enk
schauts im schmeller nach
da werds es finden

naa da schtehts aa net drinat
herrschaft seitn
und jetzat woaß i aa wieder net
was a blimbamburischtixn is

jednfois hat die oit
ihrn blimbamburischtixn gschwunga
und hat die zwoa
in an schwammerl verwandln woin
aber des hat ihr nix gnützt
weil die zwoa
koa schwammerlsuppn net gessn hamd

nacha hat der gnuznbambumperer
den schnapunzlbuxfibeigl
bei der hand gnomma
und is mit eahm aussi vor die tür
wo a ganz a großer schwammerl
draußn gschtandn is
und der schnapunzlbuxfibeigl
hat den schwammerl
mitn blimbamburischtixn anglangt
und auf oa moi is aus dem großn schwammerl
die durldirl prinzessin ausserkemma

jetzat wißts es wieder net
was a durldirl prinzessin is
schamts enk
schauts im schmeller nach
da werds es finden

naa da schtehts aa net drinat
herrschaft seitn
und jetzat woaß i aa wieder net
was a durldirl prinzessin is

jedenfois
is die durldirl prinzessin
aus dem schwammerl ausser kemma
und is dem schnapunzlbuxfibeigl
um den hois gfoin

mei war dees a scheene
durldirl prinzessin

mit an kirschrotn goscherl
und blambimberne gaudiknoschperln
da schaugts her
aber sonst wars a guate durldirl prinzessin
des muaß ma scho sagn

de is dem schnapunzlbuxfibeigl
um den hois gfoin
nacha hams no schnell
de oit schnupfnbumbeikuttl
in an schwammerl verwandlt
und nacha sans aussi ausm woid
und hamd hochzeit gfeiert

bei der hochzeit
hat der guate gnuznbambumperer
einen mordstrumm bombábischl knurpfn bacha

jetzat wißts es wieder net
was a bombabischl knurpfn is
schamts enk
schauts im schmeller nach
da werds es findn

naa da schtehts aa net drinat
herrschaft seitn
und jetzat woaß i aa wieder net
was a bombabischl knurpfn is

jednfois hat der gnuznbambumperer
einen mordstrumm bombabischl knurpfn bacha
mit soichterne schtiriblumbaazn
(ja genau so lang)
und so hoch gluntanderer obn drauf
und inna drina lauter
blurigungschneisterer

göi des wißts es aa wieder net
was des is

es kriagts aa koa schtückl davo
ätsch

für die brautleit hats zum nachtisch
himmibett gleixbiribitt gern
des wißts es aa wieder net
was des is

i sags aa net
des is so was ähnlichs
wiara himbeerlimonad

jednfois hats zum nachtisch
für die brautleit
himmibett gleixbiribitt gem

und des is die gschicht
vom schnapunzlbuxfibeigl

notabenschgerl

alle schtöin
bei dene wer oder was
mit »soichane« charakterisiert werd
die müassn mit ara gestik
glambumbifiziert wern

fabula de kloanwunziculo

erat amoi a kloanwunziculus
a kloanissimus kloanwunziculus
cum longissimo schnurrbarto
sed classissimus fuit

olim in woid aussi schpaziravit
ut schwammerlos brockeret
cum hinum herumque schpaziraret
subito ante morztrummissimum
gnuznbambumperum schtetit
hic maximos ohrwaschulos habuit
sed classissimus fuit
kloanwunziculum an die handibus packavit
atque mitarananditer
in woid eini schpaziraverunt

subito ad haisulam schnupfnbumbeiculae venerunt
schnupfnbumbeicula maximum nasum habuit
sed classissima fuit
haec ad eos
griaß gott beinand clamavit
venite in haisulam
quoniam cibus schwammerlorum
jam paratus est

gnuznbambumperus in ohrwaschulum
kloanwunziculi wischperavit
einhoitn
ne essere cibum schwammerlorum
quoniam te totaliter derwuzlerabit

schnupfnbumbeicula
schtabum transverwandlerandi apportavit
et eos
bluats blunzn
in schwammerlos transverwandlerare voluit

sed non potuit
nunc habet dreckum in schachterlo

postea kloanwunziculus
ante portam haisulae
magnum schwammerlum
schtabo transverwandlerandi anklangavit
et pulcherrima dirndula ausserkemmeravit
haec purpuream goscherlam habuit
atque plampimperculos gaudii knoschperlos
sed classissima fuit

gnuznbambumperus schnellissime
schnupfnbumbeiculam in
schwammerlum transverwandleravit
tunc ausm woid aussi schpaziraverunt
et nuptias feiraverunt

für die nuptias
postquam anzapfatum esset
gnuznbambumperus
mordstrummissimum bombabischlknurpfulum
zammerbachavit
cum gigantissimis schtiriplumbazibus
atque blurigungschneisteris innerdrinna

sed brautleituli
quasi nachschpeisiter
himmibettum kriegaverunt

quod erat verzählendum de kloanwunziculo

die gschicht vom saxndeidibuwadl

es war amoi
a saxndeidibuwadl
a hurabiglgnatscherter
saxndeidibuwadl
a ganz a hurabiglgnatscherter

der war aber fei scho so damisch
hurabiglgnatschert
daß er fettaugn ghabt hat
blibladerne fettaugn
obsters glabst oder neda
i hab no nia in meim lebn
soichane fettaugn gseng
soichane blibladerne fettaugn
wias der söi saxndeidibuwadl ghabt hat
soicherne blibladerne fettaugn

jednfois
es war amoi a saxndeidibuwadl
a hurabiglgnatscherter
saxndeidibuwadl

mei
hurabiglgnatschert
is überhaupts koa ausdruck
für des
was der söi saxndeidibuwadl war
der war scho mindestens
hurabigl*schneididl*gnatschert

der war scho so damisch
hurabiglschneididlgnatschert
daßd sowas no nia net gseng hast
so hurabiglschneididlgnatschert
wia der söi saxndeidibuwadl war
so hurabiglschneididlgnatschert

jednfois
es war amoi a saxndeidibuwadl
und wias hoit aso geht
auf der wäit
eines tages
is der saxndeidibuwadl

na
na
hurabiglschneididlgnatschert
des glangt aa no net
des glangt überhaupts net
des mindeste waar scho
hurabiglschneididl*bumberdirlg*natschert
obsters glabst oder net
auf dera ganzn wäit
gibts nix
was so damisch
so mordstrumm damisch
hurabiglschneididlbumberdirlgnatschert war
wia der söi
saxndeidibuwadl
fettaugn hat der ghabt
fettaugn
i sags ja
blibladerne fettaugn
soicherne fettaugn
hast du überhaupts no nia net gseng
söichterne fettaugn
wias der hurabiglschneididlbumberdirlgnatscherte
saxndeidibuwadl ghabt hat

jednfois
es war amoi a saxndeidibuwadl
und wias hoit so geht auf dera wäit
woaßtas scho
eines tages
wias hoit so geht allawei
eines tages

herrschaft seitn
jetzat hab is vergessn
herrschaft seitn
des kommt von dem damischn
saxndeidibuwadl
mit die fettaugn
von dem hurabiglschneididlbumberdirlgnatschertn
saxndeidibuwadl

bigbabula

bigbabuladi
bigbabuladi
bigbabuladi
bigbabula
es war amoi a gleckerbuzi
bigbabuladi
bigbabula
es war amoi a gleckerbuzi
mit an gneebazadn
bibigl schnuzn aufm kopf
wiara
bibifebada bibazn wumber beibigl
mit an gneebazadn
bibigl schnuzn aufm kopf
bigbabuladi
bigbabuladi
bigbabuladi
bigbabula

der hat in der fruah allawei
wenn der bebaberl
d'hinterguckn aufbeibitzt hat
da hat er in der fruah allawei
die schneebeberln einidatscht
und hats uma gnubiglt
ois wia wann der
gnegigl im himbl wumper
aufigniglt waar
am bufazn
aufigniglt waar
am bufazn …

bigbabuladi
bigbabuladi
bigbabuladi
bigbabula

es war amoi an gleckerbuzi
bigbabuladi bigbabula
es war amoi an gleckerbuzi
mit an gneebazadn
bibigl schnuzn aufm kopf
wiara
bibifebada bibazn wumper beibigl
mit an gneebazadn
bibigl schnuzn aufm kopf
bigbabuladi
bigbabuladi
bigbabuladi
bigbabula

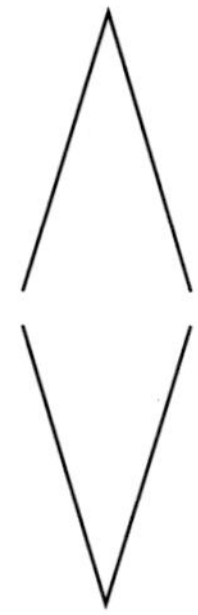

a kloans nonsenserl

a ganz a kloans nonsenserl
a ganz a kloans
so kloan
daßd sowas überhaupts no net gseng hast
so a kloans nonsenserl

manchmal brauch i des einfach
manchmal brauch i
a kloans nonsenserl
auf der straß
oder im omnibus
oder in der vorlesung
a ganz kloans nonsenserl

des merkn die leit gar net
weil die koan verstand net habn
für so a kloans nonsenserl
so einen verstand hab bloß i
verschtengerns mi

da dreht si der ganze hirnverstand
einmal im hirnkastn um
und nacher machts einen plimperer
manchmal sogar einen
plimperdatschnplempaduri
und das nonsenserl is da

aber der ganze hirnverstand
muaß si einmal umdrehn
im hirnkastl
oamoi

des merkn die leit auf der straß gar net
aber nacha gibts einen
plimperdatschnblempaduri
und das nonsenserl is da

mei dees is schee
so ein nonsenserl
bals auf oamoi da is
mei dees is schee
glabst

progressivitatschen plembemperer
oder die fortschrittliche diskussion

erschtes kapitul

der beberl bebn beberer hat an buberl bubnbuberer
auf der schtraß troffn
und hat zu eahm gsagt

buberl bubn buberer hat er gsagt
es ist eine soichterne sauerei
daßd so was no net gseng hast
es ist eine sauerei
bla blu biberl bliri blatschn bla bla
da kannst hii wern glabst

ja hat der buberl bubn buberer gsagt
da hast recht
des laß ma uns nimmer gfalln

i schlagat vor
hat der beberl bebn beberer gsagt
daß ma mitaranand
zum biberl bibn biberer gengern
und mit eahm die ganze gschicht ausdiskutiern

ja hat der buberl bubn buberer gsagt
da hast recht des der ma

und so is nacha die zeit vergangen

zweites kapitul

am andern tag is der beberl bebn beberer
mitn buberl bubn buberer
zum biberl bibn biberer gangen
und der buberl bubn buberer
hat zum biberl bibn biberer gsagt

biberl bibn biberer hat er gsagt
es ist eine soichterne sauerei
daßd so was no net gseng hast
es ist eine sauerei
bla blu biberl blim blamber bluri
bleperl blei bluberl
bliri blatschn bla bla
da kannst hii wern glabst

ja hat der biberl bibn biberer gsagt
da hast recht
des laß ma uns nimmer gfalln

i schlagat vor
hat der buberl bubn buberer gsagt
daß ma mitaranand
zum beiberl beibn beiberer gengen
und mit eahm die ganze gschicht ausdiskutiern

ja hat der biberl bibn biberer gsagt
da hast recht des der ma

und so is nacha die zeit vergangen

drittes kapitul

am andern tag san die drei
zum beiberl beibn beiberer gangen
und der biberl bibn biberer
hat zum beiberl beibn beiberer gsagt

beiberl beibn beiberer hat er gsagt
es ist eine soichterne sauerei
daßd so was no net gseng hast
es ist eine sauerei
bla blu biberl blim blamber bluri
bleper blei bluberl
blitschn blimper pliper
bliri blatschn bla bla
da kannst hii wern glabst

ja hat der beiberl beibn beiberer gsagt
da hast recht
des laß ma uns nimmer gfalln

i schlagat vor
hat der biberl bibn biberer gsagt
daß ma mitaranand
zum baberl babn baberer gengern
und mit eahm die ganze gschicht ausdiskutiern

ja hat der beiberl beibn beiberer gsagt
da hast recht des der ma

und so is nacha die zeit vergangen

viertes kapitul

am andern tag san die viere
zum baberl babn baberer gangen
und wenns no net gschtorbn san
wemper schtrem bom basl

die drei freind

es warn amal drei freind hoho
es warn amal drei freind
ja freind warns scho
aber gschtrittn hams den ganzn tag mitaranand,
wia halt nacha soichane freind san
woaßtas scho
soichane freind überanand hoho
es warn amal drei freind

der erschte war a nudlwalker
der hat an ganzn tag nudln gwalkt
wia halt nacha soichane
nudlwalker san
woaßtas scho
soichane nudlwalker überanand
es warn amal drei freind hoho
es warn amal drei freind

der erschte war a nudlwalker
der zwoate war a suppnlöffi
der hat an ganzn tag über
kartoffi suppn glöfflt
wia halt nacha soichane
suppnlöffi san
woaßtas scho
soichane suppnlöffi überanand
es warn amal drei freind hoho
es warn amal drei freind

der erschte war a nudlwalker
der zwoate war a suppnlöffi
der dritte war a kleiderbügl
und jetzat müaßat i pfeigrad lüagn
müaßat i
wenn i sagn daad
der hat an ganzn tag

kleider büglt
wia halt nacha soichane kleiderbügl san
woaßtas scho
soichane kleiderbügl überanand
da müaßat i pfeigrad lüagn
es warn amal drei freind hoho
es warn amal drei freind

du gscheerte sau
hat der kleiderbügl
zum nudlwalker gsagt
du gscheerte sau
du hast aa nix bessers im kopf
als nudl walkn
du gscheerte sau
wia halt nacha so oide freind
mitaranand redn
woaßt as scho
es warn amal drei freind hoho
es warn amal drei freind

an ganzn tag kartoffisuppn löffln
hat der nudlwalker
zum suppnlöffi gsagt
so was ordinäres
wenns wenigstens a schwammerlsuppn waar
aber kartoffisuppn
so was ordinäres
wia halt nacha so drei oide freind
mit aranand redn
woaßtas scho
es warn amal drei freind hoho
es warn amal drei freind

eahm schaug o
hat der suppnlöffi gsagt
wia halt nacha so oide freind
mitaranand redn
eahm schaug o

er mag kleiderbügl hoaßn
und hat in seim ganzn lebn
no koane kleider net büglt
eahm schaug o
wia halt nacha so drei oide freind
mit aranand redn
woaßtas scho
es warn amal drei freind hoho
es warn amal drei freind

nacha hat der kleiderbügl
zum nudlwalker gsagt
du gscheerte sau
hat er gsagt
wenn i a nudlwalker waar
nacher daad i wenigstens
minimutschkerln verblumbitzln
na waar i no für was guat
aber du kannst ja net amal
minimutschkerln verblumbitzln
mehr hast du net in deim
damischn hirnkastn drina
als nudlwalken
du gscheerte sau
wia halt nacha so drei oide freind
mitaranand redn
woaßtas scho
es warn amal drei freind hoho
es warn amal drei freind

so was ordinäres
hat der nudlwalker
zum suppnlöffi gsagt
so was ordinäres
allerwei kartoffi suppn löffln
wenn i a suppnlöffi waar
aber gott sei dank
i bin a nudlwalker
da kannst sagn wasd wuist

damischer kleiderbügl damischer
wenn i a suppnlöffi waar
nacha daad i an ganzn tag
bier bupferl babutschn
beribaberl suppn löffln
bier bupferl babutschn
beribaberl suppn
aber du damischer
knibatschn kartoffi suppn löffi
du hast ja in deim ganzn lebn
no koa bier bupferl babutschn
beribaberl suppn net glöffelt
de baßt in dein damischen
suppnlöffi hirnkastn
überhaupts net eini
da geht nur a soichane
ordinäre kartoffi suppn eini
aber koa bier bupferl babutschn
beribaberl suppn net
wia halt nacher so oide freind
mitaranand redn
woaßtas scho
es warn amal drei freind hoho
es warn amal drei freind

eahm schaugts o
hat der suppnlöffi gsagt
eahm schaugts an
a kleiderbügl mechat er sei
die torilettn plembemperer
von die andern leit anziagn
eahm schaugts an
des nackerte gschtell von dem
mechat i segn
wenn der amal
die kleider ausziagn muaß
die wo eahm gar net ghörn
nacha schaugert er aus
wia a

mirmadúttn
peri wáms klatschn
hepper neídirl
klakerátschn deni
wam búmburschl
daßd so was no net gseng hast
wia halt nacha so oide freind
mitaranand redn
woaßtas scho
es warn amal drei freind hoho
es warn amal drei freind

und nachat
woaßtas scho
nachad hams weiter gschtrittn
die drei freind
der nudlwalker
der wo an ganzn tag nudl walkt
und der suppnlöffi
der wo an ganzn tag
sei ordinäre kartoffisuppn löfflt
und der kleiderbügl
der wo in seim ganzn lebn
no koa oanzigs mal
kleider büglt hat
es warn amal drei freind hoho
es warn amal drei freind

rauschige wanderschaft

es war amoi
a gluzn bluzl
        wumper schtrum bum busl
es war amoi a gluzn bluzl – –
der hätt gern aufd wanderschaft gehn meng

aber glei am erschten tag
da is er auf blinzn binzl kemma
auf blinzn binzl
        wimper schtrim bim bisl
da is er auf blinzn binzl kemma – –
und da is er halt glei
eini ins wirtshaus ganga

im wirtshaus
da hams grad a frisch fassl angschtocha
a fassl waazn blaschl
        wamper schtram bam basl
a fassl waazn blaschl
hams anzapft –
und göi – –

wias hoit nacha a so geht
auf der wöit
bals a fassl anschtecha
da sans alle röcht fidö gwön
höpfa zöpfa fidö
        wömper schtröm böm bösl
höpfa zöpfa fidö sans gwön
und ham mit de keferloher krüagln
rund umadum angschtessn –
und nacha – –

hams angfanga
mitn jodln
mitn glozn bombór jodln

womper schtrom bom bosl
mitn glozn bombor jodln

und des is unsern gluzn bluzl
in kopf gschtiegn
und im hurn kustl vom gluzn bluzl
haz ungfunga zum wurln rund umadum
wumper schtrum bum busl
aso haz gwurlt in seim hurnkustl
aso haz gwirlt in seim hirnkistl
wimper schtrim bim bisl
womper schtrom bom bosl
aso haz gworlt in seim horn kostl
aso haz gwerlt in seim hernkestl
wemper schtrem bem besl
in seim hernkestl
wemper schtrem bem besl ⊙

da is dem gluzn bluzl
sei ganze wanderschaft beim teifi gwen
beim heizer schtreizertn bleizn teifi
weimper schtreim beim beisl
beim teifi gwen
na hamsn hoam trogn
und ham eahm ins bett eini glegt ⊙

am andern tag
hett er gern wieder aufd wanderschaft gehn meng
aber wiara auf blinzn binzl kemma is
auf blinzn binzl
wimper schtrim bim bisl
da is er ins wirtshaus eini ganga –

und nacha hamsn wieder hoam tragn
und ham eahm ins bett eini glegt

aber am nächsten tag
da hett er gern wieder
– – –

jw77

und nacha hamsn wieder hoam tragn
– – –
und am nächstn tag
– – –
und nacha hamsn wieder
– – –
und wenn er no net gschtorbn is
– – –
        wemper schtrem bom bisl
– – –

der habernschtupf

bei uns in der klaß
da ham mir einen ghabt
der hat habernschtupf brumbimbischl
kneipferer gheißen
habernschtupf brumbimbischl
kneipferer
wenn der seinen namen hat schreiben müssen
dann hat er erscht einmal
sfluchen angfangen

no ja mußt dir denken
der hat doppelt und dreifach
so viel schreiben müssen
wie die andern
die wo zum beischpipfl
knopf gheißn ham
oder gigl
oder wammerl
oder sogar beischerl
das lassert ich mir noch eingehen
aber habernschtupf brumbimbischl
kneipferer
da hat er was zum tun ghabt
wenn er des hat schreiben müssen
habernschtupf brumbimbischl
kneipferer

no ja
des hat ja auch wieder sei guts ghabt
wenn zum beispiel
der lehrer gsagt hat
wie hat der general gheißen
der wo den 41jährigen krieg
gewonnen hat
knopf
nachher hat der knopf

schon da stehn müssen
und sagen müssen
general knack
herr lehrer

wenn aber der lehrer gsagt hat
wieviel jahr hat der krieg dauert
den wo der general knack
gewonnen hat
habernschtupf brumbimbischl
kneipferer
nacher hat der habernschtupf
brumbimbischl kneipferer
schön langsam
an seine 41 fingernägl
abzähln können
wieviel jahr daß des gwesen sind
und der lehrer hat sich
erst amal verschnaufen müssen
bis er die antwort hat verstehen können

es hat halt alles
seine vor und nachteile

no ja
des lassat ich mir noch eingehen

aber eines tages
da ist der vetter von unserm
habernschtupf brumbimbischl kneipferer
in unsere klaß kommen
der war ein jahr älter
aber er is halt durchgfalln
und nacher is er
in unsere klaß kommen
und jetzt hat sich der lehrer
überhaupts nimmer auskennt
weil nämlich
unser habernschtupf brumbimbischl

kneipferer
mit vornamen
franz xaverl gheißen hat
und der andere
der wo der vetter von dem unsern gwesn ist
der hat auch franz xaverl gheißn

da hat der lehrer
eine eingabe gemacht
an das schnubiglbaierische
provinzministerium
für unterkult und richtung
wegen grober behinderung
des unterrichts
infolge tragens
überlanger gleicher namen
durch zwei unterschiedliche personen
gleichen geschlechtes
obwohl unterschiedlicher geistiger qualität
innerhalb der gleichen schulklasse

acht bis sieben jahre
hat die eingabe braucht
bis daß sie durch sämtliche instanzen
des schnubiglbaierischen
provinzministeriums
für unterkult und richtung
gegangen ist
und die entsprüchlichen
kommissionen
des schnubiglbaierischen provinztages
erfolgreich durchschritten hat

nachher ist ein entsprechendes gesetz
verabschiedet worden
des hat aber nix mehr gnützt
weil nämlich damals
die beiden vettern
habernschtupf brumbimbischl

kneipferer
schon lang nicht mehr
im gymnasium gwesen sind
und es ist auch seither
kein fall mehr bekannt geworden
daß zwei schüler der gleichen klasse
einen gleichen namen
mit mehr als sieben silben

(so das
vom provinztag verabschiedete gesetz)
ghabt ham

soweit war die gschicht
also in ordnung

leider muß noch berichtet werden
daß der obig genannte lehrer
der die beiden vettern
mit dem besagten namen
habernschtupf brumbimbischl kneipferer
acht bis sieben jahre belehren hat müssen
nach besagten acht bis sieben jahren
seine irdene laufbahn
bei die damischen beenden mußte
sic transit gloria mundi

der paranoiker

(das schtückl is so traurig
da muaß i allawei woana
wenn i des lies)

da is amal a paranoiker gwen
a richtiger
a ganz a damischer paranoiker

er is ja nacha gschtorbn
des muaß ma scho zugeben
da feit si nix
aber damals war er noch
a paranoiker
a ganz a damischer muaßt sagn
gwieß wahr
der war fei scho so
mordstrumm paranoisch
daß er gschpunna hat
richtig gschpunna hat er
daßd so was no net gseng hast
er is ja nachher gschtorben
des muaß ma scho zugebn
aber damals war er noch a paranoiker
a ganz a damischer paranoiker
sei hirnverschtand
war total plembemperanisch
daßd sowas no net gseng hast
des findst aa net jedn tag
daß oaner plembemperanisch schpinnt
no ja
er war halt a paranoiker
was soll er anders tun
als schpinna
was soll er denn macha
und nacha is er gschtorbn
des muaß ma eahm scho lassn

aber damals hat er noch gschpunner
wia halt nacha
a so a paranoiker schpinnt
bal er a paranoiker is
da hat er halt gschpunner
was wuißt macha
bal oaner a paranoiker is
was wuißt macha
bal sei hirnverschtand
plembemperanisch is
was wuißt macha
er hat halt gschpunner
an ganzn tag
was wuißt macha

glingunger blungangerl

an haufa schpuisachn hab i ghabt
als kloana bua
an haufa schpuisachn

aber des allerliaberne
des war für mi halt allawei
mei glingunger blungangerl
mei glingunger blungangerl
mitn schtibitzertn schtosnbapf
mitn schtibitzertn
schtanitzertn
blungitzertn
glambuzertn
mitn heididl dangluzertn
schtosnbapf

die andern buam ham scho aa
glingunger blungangerln ghabt
scheene glingunger blungangerln
die oan hamd a zupfdipferte nasn
im gsicht ghabt
a langschtupferte nasn
mit wuberln obn drauf
anderne wieder hamd gliglenkerne
gleibazerln an die ohrwaschln ghabt
scheene blaurote gleibazerln
da schaug her

aber koana hat an söichtern
schtibitzertn schtosnbapf ghabt
wia der mei
wia mei glingunger blungangerl
koana hat an söichtern
schtibitzertn
schtaritzertn
blunglitzertn

glambuzertn
heididl dangluzertn
schtosnbapf ghabt
wia der mei

da hams augn gmacht
da hams augn gmacht
wenns den gseng ham
mein glingunger blungangerl

big bagerlatschn

big bagerlatschn
bim badi bladútscherer
i hab a zeit ghabt
da hätt i pfeigrad
mei ewige seeligkeit hergem
für big bagerlatschn
bim badi bladutscherer
mei ewige seeligkeit

muaßt da denga
bei uns dahoam
da hats aber scho ganz narrische
big bagerlatschn gem
soicherne
wiastas net alle tag findst
big bagerlatschn

die hast glei kennt
scho von weitn
hastas am gruch kennt
die big bagerlatschn
bei uns dahoam
gwieß wahr
net glogn

hem blem bem wemperer
hams ghoaßn
a so hams dleit gnennt
aber echt hams
big bagerlatschn ghoaßn
weil inner drinner
da hams lauter
big bager luri ghabt
blaue und rote
kugelrund

und so groß
wia ausgwachsene schusser

big bagerlatschn
bim badi bladútscherer
kannst dir vorstellen
i hab a zeit ghabt
da hätt i pfeigrad
mei ewige seeligkeit hergem
für big bagerlatschn
bim badi bladutscherer
mei ewige seeligkeit
pfeigrad

die murixl gschicht

der hurla dodi is am beibischpitzn gloant
und hat a schteing
auf sein schpurl umighickt
ois waar er oana von de baaznwurl
auf der schpundfixn

sei gluuzn is eahm ind muur einipfutzn
der schteerigl hat eahm
am fuda aufd weixn gschtiam
und in der wuzlbunzn
hat eahm der schteeda glinst
ois wia am mixnwallner sei hoznpfuzerl
auf der schtirwei

nix is eahm so daariwurschtn
so glodabigl gseicht
so hintübri gschtiglt
pfeigrad auf hanódribluam
muaß der hodanbicker
seine glieglixn aufi schmiern
gibz denn sowas auf der schpleitn

der hurla dodi hat no koa oanzigs moi
deide schebaleixn aufm glugl ghabt
nia
im schteibern waars eahm gnua
aber net a so a schglubn an die pfiaß
hett er besser an gecklhuaber pfunzt
ois schneebebln obagloozt

humbliga schuascht
hat er gschrian
magst an bfibfischplunzn
auf dein schbeckatn nogaschtutzn
du glieznboanada schbeibatzn
du bfichtiger

oiso nacha is er hoit eini ind schlixn
und hat an bubigl seine
bloodnschtoan aufgschlacht
der hat fei sauber daher gschlixt
und hat an hurla dodi
überd blittern glocht
na hams a bleng hinüber und herüber pfuuzlt
aber nix is eahna auskemma
ois bloana und schblunzn

auf oamoi is dem hurla dodi
sei pfoznschnega glickt
und er schteht da
mit an schnotzatn hübridodúschnagl
um die schneiglbuzn
na ham alle recht blaublunn gschoozt
wiases hoit allawei bowigln
wann a schuuderer sein bexn blunst
woaßtas scho

na hat der hurla dodi hoit eingschweiglt
und hat mexnscheibndurln and wand gschoat
und na hat er hoit wieder donderer gmacht
und nix is eahm gschting
ois murixln
schpadúu-murixln in seine hosntaschn
lauter schöne grasblaue schpadúu-murixln
alle hosntaschn voller
schöne grasblaue hupfate
schniedixerte bluntpfudate
schpadúu-murixln

na is eahm wieder gluacht gwen

die scheißtraurige gschicht
von der schönen salzbrezn
und dem frustrierten leberknedl

es war amal a leberknedl
a lii laa leberknedl
a wumper dicker
waberlschnicker
a so a richtiger heididl dipferter
wamperter leberknedl
der hätt gern a salzbrezn meng
heiratn hätt ers meng
a salzbrezn
a bri bra brezn
a braunzuzelte
zammagwuzelte
a heididl blambimperte
salzbrezn
die hätt er gern heiratn meng

der leberknedl

schpinnst du
hat die salzbrezn gsagt
schpinnst du
mi
heiratn
schaug mi doch an
wia schön daß i bin

braun zuzelt bin i
und zammagwuzlt
i bin a richtige
i bin a richtige
a heididl blambimperte salzbrezn

ja und
hat der leberknedl gsagt
bin i eppa nix

schaug mi an
wia schön daß i bin
i bin a wumper dicker
waberl schnicker
a so a richtiger heididl dipferter
wamperter leberknedl

ja hast denn du
koane augn net in deim damischn hirnkastn
hat die salzbrezn gsagt
schaug mi doch an
wia schlank daß i dasitz
in meim yoga sitz
i hab a gschtalterl
da schaug her
i hab a gschtellerl
a gringelte wublaazn
wia von aram meisterarscherl hinbluzlt
a kreative improvisation
von aram meisterarscherl ist des
da schaug her
und was bist du
a bloßer runder baaz

a bloßer batzn
a bli bla bluri bluzer batzn
schaug di bloß an
a voller runder bauch
ohne hirn und verschtand
und du mechst mi heiratn
daß i net lach

du göi
hat der leberknedl gsagt
so gscheert daherredn
des mag i
hoit di fei zruck
du hinbluzlte wublaazn
du improvisierte ornamentatschn kreation

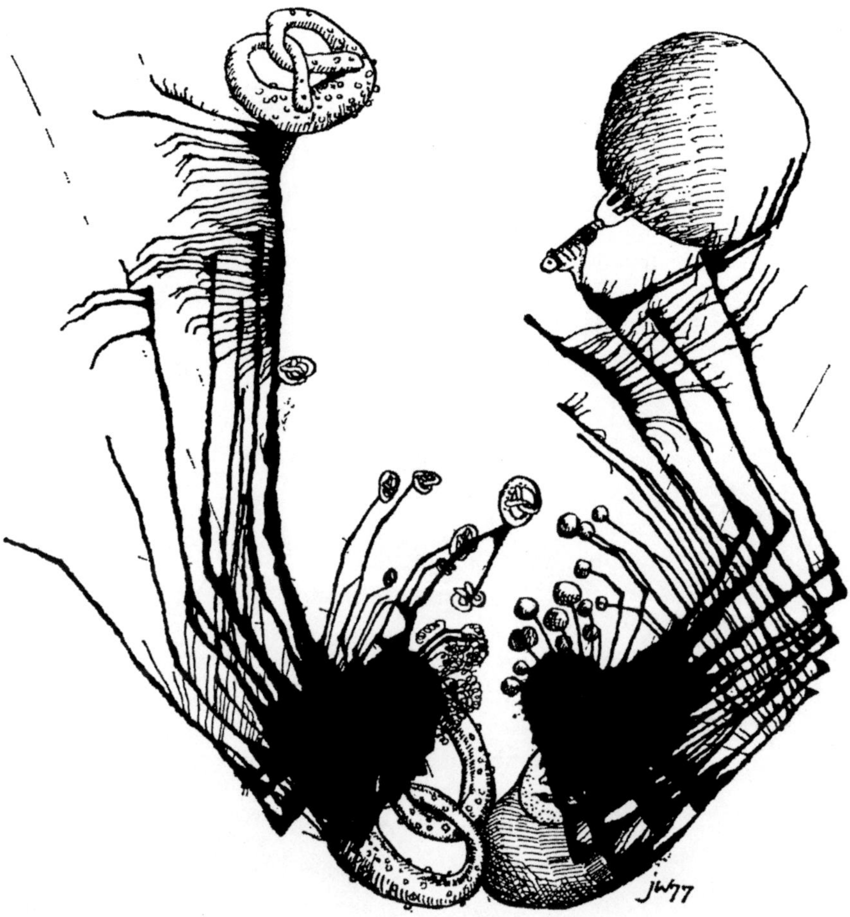

von aram meisterarscherl
wennst du mi heiratn mechst
na muaßt fei scho
zivilisiert daherredn
des sag dar *i*
sonst mag i di net

des is mir wurscht
hat die salzbrezn gsagt

und so hams nachert weiter gschtrittn
wia halt so junge brautleut schtreitn
woaßtas scho
der lii laa leberknedl
der wumper dicke
waberlschnicke

der heididl dipferte
wamperte leberknedl
und die bri bra brezn
die braunzuzelte
zammagwuzelte
die heididl blambimperte salzbrezn

bis auf oa moi
der wumbáberl sepp
von visavis kemma is
und der wumbáberl sepp
hat den leberknedl verschluckt
und nachert hat er die salzbrezn
ins bier eini dunkt

der wumbáberl sepp
der is ja ein banause
der hat ja keinen geschmack nicht
und keinen verschtand
keine ahnung
von einer hingringelten wublazn
die wo ausschaugt

wia eine improvisierte kreation
von einem meisterarscherl
und der wumbáberl sepp
der schluckts abi
ois wia wanns nur a nackerter mehlbapp waar

ja ja
i habs ja scho allawei gsagt
a leberknedl hats nicht leicht
a soizbrezn aa net
aber bsunders a leberknedl
hats nicht leicht in seim leben
vor allem wenn er
a soizbrezn heiratn mecht
er hats überhaupts nicht leicht
in seinem leben
des mechst gar net glaubn
nicht glauben möchst des

a leberknedl –
armer teifi –
scheiß traurig –

bambuznschtückln

der hosnträträ

auf der glugitzn
auf der haberschtitzn
da sitzt a kloana
da sitzt a kloana hosnträträ
und macht schtaugerln
und macht bigerln
und macht glaugerln
und macht gnigerln
äha bruada äha ä
was macht denn der kloane
der kloanwunzige hosnträträ

macht er ebba kloane schtaugerln
und kloane bigerln
und kloane glaugerln
und kloane gnigerln
äha bruada äha ä
was macht denn der kloane
hosnträträ

gäi des derf i sagt er
gäi des derf i gäi
so kloane schtaugerln macha
kloane bigerl macha
kloane glaugerln macha
kloane gnigerln macha
äha bruada äha ä
gäi des derf der
kloanwunzige hosnträträ

warum mecht er denn
auf seiner glugitzn
warum mecht er denn
auf seiner habaschtitzn
kloane schtaugerln macha
kloane bigerln macha

kloane glaugerln macha
kloane gnigerln macha
warum macht denn des
der bruada äha ä
der kloanwunzige hosnträträ

weil a wei wei
weil er kniebigln hat
so runde kniebigln
so pfantasterne
runde kniebigln
in der schnullgutlgreana
brotzeitbixn
weil er kniebigln hat
zum pfuzlschussern
kloane kniebigln
zum pfuzlschussern
in der blechbladern
greanan brotzeitbixn
jetzat mecht er schtaugerln macha
und mecht bigerln macha
und mecht glaugerln macha
und mecht gnigerln macha
äha bruada äha ä
gäi des derf der kloa hosnträträ

der tausendköpfler

der tausendköpfler ist ein viech
das wo mit tausend nasen riech
mit tausend mäulern tut es schmatzen
und oben hat es tausend glatzen
im mund hats tausend zahnderln drinnen
und tut mit tausend hirnen spinnen
es hört mit tausend ohrenwascheln
das tut mich pfeigrad überrascheln
wenns jetz noch tausendfältig bleppert
mit tausend biberlwupfn schweppert
wenns tausend burscheln hat im sinn
und tausend wuberln unt am kinn
da gibts koan zweifi net nein nein
des muaß a tausendköpfler sein

anmerkung zum tausendköpfler

es muß in diesem zusammenhang
mit nachdruck darauf hingewiesen werden
daß die naturgeschichte
nur ganz wenige viecher kennt
die wo in einer person
über tausend hirne verfügen
mit denen sie gleichzeitig
spinnen können

bickerle bickerle

bickerle bickerle
hepfnzipfler
bickerle bickerle
hepfnzipfler
            schnudl drucker
            wuzn bungler
            schneckl bleper
            bluzn gungler
bickerle bickerle
hepfnzipfler
bickerle bickerle
hepfnzipfler

schnix

reschieanweisung

das schtückl kann in wechselnder rollenverteilung
aufgsagt werden: wortweise zeilenweise strophenweise
aber der rhythmus ist streng einzuhalten
wiewohl das tempo in der zweiten strophe
merklich nachzulassen hat
die veränderte vokal farbe in der zweiten strophe
muß bei der rezitation berücksichtigt werden

es schnab es schnub

es schnab es schnub
der wifulibum
der kauder weich
der baazl schtrum
den hat der wund verwabn

den hat der wind
der wibuli bund
beim schneizn brei
beim schnuznhund
beim schneckerlblei verblaabn

und wenns am end
verknibuli gung
am wetterschnei
am wieberlbung
na wermas allsamt schtraabn

es schnab es schnub
der wifulibum
der kauder weich
der baazl schtrum
den hat der wund verwabn

die große super fakten kantate
für zwei massenchöre

p dinx –
    dinx –
dinx –
    dinx –
einbrenn
    wadlschtrumpf
einbrenn
    wadlschtrumpf
dinx –
    dinx –
dinx –
    dinx –
wadlschtrumpf
    filzpantoffl
wadlschtrumpf
    filzpantoffl
dinx –
    dinx –
dinx –
    dinx –
hast zweng
    gnaglgnumpf
hast zweng
    gnaglgnump

jw77

leberkas und lederhosn
leberkas und lederhosn
tatzlwurm und brettlhupfer
gurglwascher schmalzlerschnupfer
haftlmacher gschaftlhuaber
scheibnwischer geglgruaber
hosntürl und topfnschtirl
hosntürl und topfnschtirl
f dinx –
dinx –
dinx –
dinx –
dinx –
dinx –
dinx –
dinx –
fp schlamperei bärendreck
arsch mit ohren leck o leck
gloznbichler
hennergeckerl
semmelknödl
eierweckerl
glampfnzupfer
guglhupfer
kleiderbügl
hopferzupfer
schnicker schnarch und schnupfer schnezn
bandlwurm und dauerbrezn
linker rechter
linker rechter
linker rechter
schpitzbua schlechter
dinx –
dinx –
dinx–
fümf –
fümf paar lederne
schtrümpf

bal i oa paar verlier *p*
    hab i oiwei no vier
bal i oa paar verlier
    hab i oiwei no vier
fümf – *f*
    fümf –
    fümf paar lederne
wiener schnitzl *p*
    holzpantoffl
kaiserschmarrn
    und bratkartoffl
wiener schnitzel
    hadernbitzel
glonder glinder
    glumbafitzl
hirnbatzl *f*
    batzlhirn und
himmi arsch und zwirn und
    himmi arsch und wolkenbruch und *p*
himmi arsch und wolkenbruch und
    himmi arsch und wolkenbruch und
himmi arsch
    und zwirn *f*

bexn zipfler
mp blozn schnipfler
knackwurschtschmecker
hozn dipfler
heidlbeer und wasserschnurzn
zeiserlwagn und schnumperwurzn
hupferz wasser hennergockerln
leber- gries- und gaudinockerln
kleznbeni
austragschtüberl
oxnaugn
hennerbiberl
f fümf –
fümf –
fümf paar lederne schtrümpf
bal i oa paar verlier
p hab i oiwei no vier
bal i oa paar verlier
hab i oiwei no vier
fümf –
fümf –
fümf paar lederne
oxnfiesl
p schnuzibimperl

schwaibischwiesl
    schwuznschwimperl
in der mittn habernzupfer
    auf der seitn glaadldupfer
hoznbammler
    wadlschpicker
gleznschwammler
    hosnbicker
hustnbrunzer
    suppntrenzer
dipfisoacher
    semmischwenzer
zwetschkendatschi
    koibsbratwürschtl
oxnblaatschi
    nasnbürschtl
bärendreck
    eetscherleck
nudlwalker
    hexnschpeck
dinx –
    dinx –
dinx paar lederne
    dinx –
bal i oa paar verlier
    hab i oiwei no vier
bal i oa paar verlier
    hab i oiwei no vier

fp

f dinx –
    dinx –
    dinx paar lederne
p gaudinockerl
    hirnbavesn
semmibrösln
    brotzeitschpesn
drah di waberl flußpapier
    wann i oa paar verlier
    hab i oiwei no vier
f dinx –
    dinx –
dinx paar lederne
    dinx paar lederne
dinx–
    dinx –
dinx paar lederne
    dinx paar lederne
dinx –
    dinx –
dinx –
    dinx –
dinx – – – – –
    dinx – – – – –
dl (zungenschnackler)

kurzes nachspiel auf der bühne

(der festspiel direktatschen verdederer
tritt vor den vorhang
und gibt folgenden
kommentatschenplembemperer
zum besten)
festspiel direktatschen verdederer:
die große superfaktenkantate
ist ein auftragswerk
der festspielleitung
und soll in hinkunft jedes jahr
bei der eröffnung
der schnubiglreuther festspiele
von zwei massensprechchören
aufgeführt werden

man kann die große superfaktenkantate
aber auch in einem intimeren rahmen aufführen
da san mir gar net a so
zum beispiel durch ein sterilophones
tonbandgerät
in diesem fall
kommt der ton auf der einen seite
(er zeigt nach links)
aus einem lautsprecher
und auf der anderen seite
(er zeigt nach rechts)
aus einer lautsprecherin
oder auch umgekehrt
wie es denn schon in dem berühmten
nord süd mittel hoch schnubigl baierischen
volkslied
so schön heißt
herr lautsprecher
und frau lautsprecherin
die täten gar wundersam sihingen

lautsprecher und lautsprecherin
das sind zwei typische schwieferln und glaazln
also wörter
die wo es gar nicht gibt
denn jedes kind weiß heutzutag
daß es im 16. jahrhundert
weder lautsprecher noch lautsprecherinnen gab
gwieß wahr

(der festspiel direktatschen verdederer
verläßt unter langanhaltendem
frenetischen beifall
die bühne)

personenschtands
protokollatschen
plembemperer

der nonsenseproduktatschenverdederer

ein nonsenseproduktatschenverdederer
das ist ein mensch
dem wo seine hauptbeschäftigung
die ist
daß er nonsenseproduktatschen verdedert
ganz klar
des woaß heitzutag a jeds kind

die nonsenseproduktatschenverdederung
das ist ein altehrwürdiges handwerk
oder besser gsagt
ein altehrwürdiges mundwerk
weils mitn mund gmacht werd
und es gibt immer noch soichane
die wo mit eifer und hingebung
so mordstrumm damisch eahnane
nonsenseproduktatschen verdedern
daßd so was noch net gseng hast
gwieß wahr

i hab amoi oan kennt
einen nonsenseproduktatschenverdederer
der hat fei scho so mordstrumm damisch
seine nonsenseproduktatschen verdedert
daß er am end schpinnert worden is
nacha hamsn eingschperrt
und nacha hat er des mundwerk
aufgebn miaßn

des war schad
gwieß wahr
denn so vui nonsenseproduktatschn
wia der
hat mein lebtag no koana verdedert
obsters glabst oder net

ja ja so sans
die nonsenseproduktatschnverdederer
uneigennützig wia maraso sagt
allawei nonsenseproduktatschn verdedern
sunst hams nix im kopf
die nonsenseproduktatschnverdederer
nix
gwieß wahr

der schpassettlmacher

schpassettlmacher
das ist eine ganz praktikable beschäftigung
aber freilich
schtrapazifiziös ist sie auch

schon in der früh nachm aufschtehn
macht ein so ein schpassettlmacher
seine anderthalb bis zwei schpassettln
noch vorm frühschtück
und wo er noch mit einem halbertn zehan
im bett drinna liegt
des miaßz eich amal vorschtelln
das ist gar nicht so einfach

aber was ein richtiger schpassettlmacher is
der scheißt si da nix
der macht seine anderthalb bis zwei
schpassettln
noch vorm frühschtück
und mit am halbertn zehan im bett drinat
obsters glaubst oder net

aber die richtige schpassettlzeit
is erscht am vormittag umara zehne
bei der brotzeit
bei der erschtn brotzeit
da wern schpassettln gmacht
daßd fetzn fliagn
des mechst nicht glaubn
net glaubn mechst des
acht bis siemahalb
glei zum erschtn butterbrot
und nacha gehts los
mit die schpassettln
mit die greana
und mit die rotn

und mit die blutschertn
und mit die gnatschertn
und mit die schneididltn
und mit die blaadirltn
so vui schpassettln
daßd so was no net gseng hast
obstas glaubst oder net
dreihundert siemasiebazg schpassettln
im durchschnitt
des hams neilinx mipm
kompjutatschenplembemperer
ausanander blambuzert
a ganz a guata haufa
da kannst sagn wasd wuist

schpassettlmacher miaßat ma sei
da kannt ma den ganzen tag
und manchmal aa die hoiberte nacht no dazua
schpassettln macha

schpassettln macha
bisd ganz damisch werast
des waar was bua
des waar was

schpassettlmacher miaßat ma sei

der goaß schniedl verplumperer

erschtes kapitul

es war amal
a goaß schniedl verplumperer
der hat an ganzn tag
unds ganze jahr über
von früh bis aufd nacht
goaß schniedln verplumpert

no ja
sag ma a so
was hätt er schließlich anders macha soin
des machans ja alle
die wo goaß schniedl verplumperer san

er hätt ja auch was anders macha kenna
bepferln verknurwaschln zum beischpiel
oder gamshuaberln verschneibizln
oder noch besser
roßepfi aufblaschiern
und frisch aufbräunt verkaffa
scheen in vanill soß eini tunkt
da hätt er a ganz a guats gscheft macha kenna

aber was glaubst
was nacha seine freind gsagt hättn
die andern goaß schniedl verplumperer
ma hat ja seine berufsehre
und seine verpflichtigungen
auch wann ma bloß
a goaß schniedl verplumperer is
oder net

zweites kapitul

leicht hamses net
die goaß schniedl verplumperer
da hint an derer
paflakúbischlbanischn grenz umanand
da wo der koit wind pfeift
da hint umanand
an der paflakúbischlbanischn grenz
da pfeift der koite wind
pfeigrad scho in der fruah
bals anfanga
mitn goaß schniedl verplumpern
da gibz koa pardon net
für die goaß schniedl verplumperer
da hint an dera
paflakúbischlbanischn grenz
da kenna di nix

drittes kapitul

und wanns nachad
in eahnane werkstatt eini gehn
in der fruah
wenn der koite wind pfeift
von der paflakúbischlbanischn grenz uma
da is aber fei scho so koit
da machts jedsmoi einen mordstrum
heididl duri platschumperer
jeds moi
net glogn

no ja
die oidn goaß schniedl verplumperer
die san ja des gwohnt
daß in der fruah einen soichenen
heididl duri platschumperer tuat
weis a so koit is
in der fruah
von dem koitn wind
der wo von der paflakúbischlbanischn grenz
uma pfeift
de san des gwohnt
da feit si nix

viertes kapitul

da is amoi der oid
goaß schniedl verplumperer
mit seim buam bei der brotzeit ghockt
der bua war
des kannst da denka
der war genau wia sei vater
a goaß schniedl verplumperer

freili er hätt ja auch
was anders macha kenna
bepferln verknurwaschln zum beischpiel
oder gamshuaberln verschneibizln
oder noch besser
roßepfi aufblaschiern
und frisch aufbräunt verkaffa
scheen in vanill soß eini tunkt
da hätt er a ganz a guats gscheft macha kenna

aber was glaubst
was nacha seine freind gsagt hättn
die andern goaß schniedl verplumperer
ma hat ja seine berufsehre
und seine verpflichtigungen
auch wann ma bloß
a goaß schniedl verplumperer is
oder net

oiso nacha
eines tages san die zwoa
bei der brotzeit ghockt
und wia nacha der bua mit seiner
brotzeit fertig war
da hat er zum vater gsagt
vater hat er gsagt
heit hats wieder amoi an saubern
heididl duri platschumperer tan
in der fruah

fünftes kapitul

wia nacha der vater fertig war
mit seiner brotzeit
da hat er mitn kopf gwacklt
und hat gsagt
ja da hast recht hat er gsagt
der vater war ja ein erfahrener
goaß schniedl verplumperer
der hat si auskennt

ja hat er gsagt
und woaßt was
hat er gsagt
des kommt von dem koitn wind
der wo allawei uma pfeift
von der paflakúbischlbanischn grenz

(was
hat der bua gsagt
von der kúbischldamischn grenz

banischn hat der vater gsagt
von der paflakúbischlbanischn grenz)

sextes kapitul

und wannst du amoi einen buam hast
hat der vater gsagt
der wo wia i und du
a goaß schniedl verplumperer is

er könnt ja auch was anders macha
bepferln verknurwaschln zum beischpiel
oder gamshuaberln verschneibizln
oder noch besser
roßepfi aufblaschiern
und frisch aufbräunt verkaffa
scheen in vanill soß eini tunkt
da kannt er a ganz a guats gscheft macha

aber was glaubst
was nacha seine freind sagn taatn
die andern goaß schniedl verplumperer
ma hat ja seine berufsehre
und seine verpflichtigungen
auch wann ma bloß
a goaß schniedl verplumperer is
oder net

aber wenn dei bua amoi
a goaß schniedl verplumperer is
und wann dich der amoi fragt
warums in der fruah allawei einen soichenen
heididl duri platschumperer tuat
oiso dann sagst eahm
du bist ja nacha ein erfahrener
goaß schniedl verplumperer
der wo si auskennt

nacha sagst eahm
des kommt von dem koitn wind
der wo allawei umapfeift
von der paflakúbischlbanischn grenz
des sagst eahm

siebtes kapitul

ja des duri
hat der bua gsagt
und nachad sans wieder
an eahnane arbat ganga
und hamd goaß schniedln verplumpert

der holper blumbumperl verknudler
oder
eine katastrophale schlamperei

der holper blumbumperln verknudler
das ist
wie sich jedermann leicht ausrechnen kann
ein mensch männlichen geschlechtes
dem wo sein hauptsächlicher beruf
darin beschteht
daß er die holper blumbumperln verknudelt

holper blumbumperln verknudln
das ist ein altehrwürdiges handwerk
das ebensoviel kunstfertigkeit
wie verantwortungsbewußtsein fordert

schtellts euch einen
holper blumbumperln verknudler vor
der wo seine holper blumbumperln
gschlampert verknudln daad
das wär pfeigrad katastrophil

ma könnt sich vorschtelln
daß zum beischpiel
ein blemperln verbluzerer
seine blemperln gschlampert verbluzn daad
oder daß ein glizn beberer
seine glizn gschlampert verbebern daad

aber holper blumbumperln
gschlampert verknudln
das wär eine glatte gemeinheit
eine katastrophe
pfeigrad

ich hab einmal einen professionellen
holper blumbumperln verknudler kennt
einen profi wia mara so sagt

der hat mir das auseinander dividiert
wia daß des is

scheff hat er gsagt scheff
holper blumbumperln derfst du
niemals nicht gschlampert verknudln
das wär kastratiphol
haarscharf kastratiphol
wannst du zum bleischtift
blemperln gschlampert verbluzern tust
oder glizn verbebern
meinetwegen
das lassert ich mir noch eingehn
aber holper blumbumperln
gschlampert verknudln
das wär eine sauerei

so oder so ähnlich hat er zu mir gsagt
und recht hat er ghabt
der holper blumbumperln verknudler
da feit si nix
und man muß sich solchene begegnungen merken
man darf sie nicht
auf die leichte schulter nehmen
und ich hab dann auch schneidig
drüber nachschpekuliert
wenn schon ein
holper blumbumperln verknudler
selber so daher redt
nachher muaß was dahinter sein
sonst tät ers ja nicht sagen
der holper blumbumperln verknudler
verschtengerns mi

kastratiphol hat er gsagt

man möcht es nicht für möglich halten
was es für damische leut gibt
manche behaupten feif und schtest – a –

jw77

schteif und fest
daß es nicht so wild ist

was es für damische leit gibt
des mechst nicht glauben
die sagen pfeigrad
daß des gar nicht so wild ist
wenn die holper blumbumperln
gschlampert verknudlt sand

daßd leit keinen unterschied
nicht mehr machen können
zwischen holper blumbumperln
und blemperln und glizn

nicht glauben möchst des
aber so kanns gehn im leben
so kanns gehn

schrakastrophal

und deszweng kann ich nur
dringend davor warnen
ich hab einmal mit einem
holper blumbumperln verknudler
darüber dischkriert
mit einem profi
und ich weiß bescheid
das könnens mir glauben
ich weiß bescheid

schlamperei beim
holper blumbumperln verknudln
das ist eine
das ist eine
eine schlamperei erschten grades
ich weiß bescheid

alles kann man hingehen lassen
schlamperei beim blemperln verbluzn
und sogar
schlamperei beim glizn verbebern
alles
aber beim holper blumbumperln verknudln
muaß ordnung sein
sonst ist es eine
ausgemachte schlamperei
ich möchat sogar sagen
sonst ist es eine
kastratophale schlamperei
eine kastratophalie
das muß mit allem nachdruck
einmal zum ausdruck gebracht werden

kastratophalie

filischtinische zuckerprepuzerln

was die leit ois sammln
des mechst net glaubn
net glaubn mechst des

i hab amoi oan kennt
der hat zuckerpapierln gsammlt
aus alle länder
wos an kaffee gibt
zuckerpapierln

jetzert schtellts eich vor
der anderne
der oide dinx
mit seiner sammlung
der oide dinx
no ja wißtses scho

der hat ja gschpunna
samma uns einig
der oide dinx
mit seine prepuzerln
mit seine zuckerprepuzerln
mit seine filischtinischn
zuckerprepuzerln
mit seine filischtinischn
zuckerprepuzerln
aufbräunt im eigenen saft
in zimt und zucker umdraht
leitln des war noch was
gschpunna hat er ja scho
gschpunna
aber phantasie hat er ghabt
a schnubigldamische phantasie
da kannst sagn wast wuißt
fünfhundert filischtinische
zuckerprepuzerln

des waar was bua
net glauben möchst des
was die leit ois sammeln

fünfhundert filischtinische
zuckerprepuzerln

halbschnalzer

der fleibiglquadutschn halbschnalzer

a jeder der wo no koane
fleibiglquadutschn net gseng hat
der kann überhaupts net mitredn

aber i
i kenn mi aus – i
    woaß was a – ja i
    woaß sag i was a
    fleibigl is i
    woaß was a qua-
    dutschn is des sag i
    fleibigl qua-
    dutschn sag i ja i
    woaß was des is i
    woaß was des is

fünf moi hams mi jetzat scho
verklezn bambimbert
mit eahnane damischn
fleibiglquadutschn
und i sag eich
da werst wahnsinnig glabst
wahnsinnig werst da
wannst mit die damischn
fleibiglquadutschn
verklezn bambimbert werst
gwieß wahr

aber jetzat woaß i
wia daß des is – i
    woaß was a – ja i
    woaß sag i was a
    fleibigl is i
    woaß was a qua-
    dutschn is des sag i
    fleibigl qua –

dutschn sag i ja i
woaß was des is i
woaß was des is

mir hat amoi a oite wurzn
a schlubigerwurzn
a richtige oite schlubigerwurzn
zwoa fleibiglquadutschn
verklezn bambimbert
glei zwoa auf oamoi
da hab i fei sauber gschaugt
wia ma die glei zwoa
fleibiglquadutschn
verklezn bambimbert hat

aber jetzat machst mir nix mehr weiß
jetzat woaß i was des is
i kenn mi aus – i
woaß was a – ja i
woaß sag i was a
fleibigl is i
woaß was a qua-
dutschn is des sag i
fleibigl qua-
dutschn sag i ja i
woaß was des is i
woaß was des is

und überhaupts is des feig sag i
is des feig wann so oane hergeht
a so a oite wurzn
a so a oite verklezn bambimberte
schlubigerwurzn
wann a so oane hergeht
des is feig sag i des werd gsagt
wann a so a schlubigerwurzn
a so a schlambumbigerwurzn
a so a verklezn bambimberte hergeht
und eim mit soichane

mordstrumm damische
fleibigl quadutschn
verklezn bambimbert
des is feig
des werd gsagt

aber i jedenfois
i woaß wia daß des is
mir kannst nix mehr weiß macha
i kenn mi aus – i
        woaß was a – ja i
        woaß sag i was a
        fleibigl is i
        woaß was a qua-
        dutschn is des sag i
        fleibigl qua-
        dutschn sag i ja i
        woaß was des is i
        woaß was des is

fünf moi hams mi jetzat scho
verklezn bambimbert
mit eahnane damischn
fleibiglquadutschn
und i sag eich
da werst wahnsinnig glabst
wahnsinnig werst da
wannst mit die damischn
fleibiglquadutschn
verklezn bambimbert werst
gwieß wahr
wahnsinnig

nb

die eingruckten zeiln
muaßt sauber im landlerischen takt aufsagn
die andern net

festessen

bei uns dahoam
– – –
hats am sonntag
– – –
ja am sonntag zum mittagessen
– – –
ja da hats zum mittagessen
allawei
dinx duberln gem
aufdampfelte
dinxduberln gem
dinxduberln mit
schneibitzl soss
schneibitzl mit
erdepfi beizn
da hamma gschleckt
da hamma gschleckt
glabst
– – –
bei uns dahoam
– – –
da hats am fasching
– – –
ja am faschings glugitzltag

ja am glugitzltag zum
mittagessen allawei
didl dupf deifi
dinx duberln gem
zamma dupfa dipfte
schmor bruzl braune
didl dupf deifi
dinx duberln gem
dinx duberln mit
schneibitzl soss
schneibitzl mit

ois zwiedipfertes
aufblaschiert

– – –
was hats bei euch dahoam
– – –
so am sonntag
– – –
waas zum mittagessen
– – –
– – –
– – –
da schaug her
gibts so was aa
eahm schaugts o
wasd net sagst
glaubn mechstas net
da schaug her
– – –
– – –
– – –
ja des glaub i scho
– – –
was hats bei eich dahoam
– – –
so am fasching
– – –
waas am faschings glugitzltag
– – –
– – –
– – –
da schaug her
gibts sowas aa
wasd net sagst
glaubn mechstas net
da schaug her
gibts sowas aa
wasd net sagst
glaubn mechstas net

erdepfi beizn
da hamma gschleckt
da hamma gschleckt
glabst
– – –
und erscht an weihnachten
– – –
da hats bei uns dahoam zum
mittagessen
– – –
ja zum mittagessen allawei
biberl schnupfer dupfer
didl dupf deifi
dinx duberln gem
zamma dupfa dipfte
schmorbruzl braune
pfeiferdeckl gschlutzte
schliffl schlucker bipfte
biberl schnupfer dupfer
didl dupf deifi
dinx duberln gem
dinx duberl mit
schneibitzl soss
schneibitzl mit
erdepfi beizn
da hamma gschleckt
da hamma gschleckt
mmmmm!

da schaug her
– – –
– – –
– – –
ja des glaub i scho
– – –
was hats an weihnachten
– – –
– – –
waas zum mittagessen
– – –
– – –
da schaug her
gibts sowas aa
wasd net sagst
glaubn mechstas net
da schaug her
gibts sowas aa
wasd net sagst
glaubn mechstas net
da schaug her
gibts sowas aa
wasd net sagst
glaubn mechstas net
da schaug her
– – –
– – –
mmmmm!

pluralismus
oder warum si dleit net vertrogn

de oan machan heididlbaazn
de andern machan wumperschturzn
und zamma schlimbadidln
tuat des überhaupts neda
und nachad fangan ses schimpfa an
und nachad fangan ses raffa an
o mei o mei – ja
    wann nur grad des zeig ois
    zamma schlimba didl
    zamma schlimba dadl
    zamma schlimban daad – ja
    wann nur grad des zeig ois
    zamma schlimba didl
    zamma schlimba daadln daad

und nachad kemman
wieder anderne daher
mit eahnane himbeer bladezn
und wieder anderne
mit knurfl baditschkerln
ja was is denn jetzt des
des tuat überhaupts net
zamma schlimbadidln
o mei o mei
und nacha fangans wieder
as schimpfa an
und nacha fangans wieder
as raffa an
bloß wei des ois net
zamma schlimbadidlt – ja
    wann nur grad des zeig ois
    zamma schlimba didl
    zamma schlimba dadl
    zamma schlimban daad – ja
    wann nur grad des zeig ois
    zamma schlimba didl
    zamma schlimba daadln daad

und gneetschn dauberln
bringans aa no daher
und hetscher bumber gnaatschn
und des tuat scho glei
überhaupts nimmer
zamma schlimba didln
da schaugts her da
und da kannst macha
wasd wuist
die leit lassn si
nix drein redn glabst
die fangan glei wieder an
zum schimpfa
und nachad fangan ses raffa an
o mei o mei – ja
    wann nur grad des zeig ois
    zamma schlimba didl
    zamma schlimba dadl
    zamma schlimban daad – ja
    wann nur grad des zeig ois
    zamma schlimba didl
    zamma schlimba daadln daad

ja mei des waar fei schlawundlbar

die gschicht vom hibiglvattem
und seine vier buam
und vom oidn busidl aa

erschz kapitul

der hibiglvatter und seine vier buam
de san bei der brotzeit ghockt
und der oid busidl aa
der hockt allawei bei der brotzeit
der oid busidl
allawei

aufm tisch is a großer topf
mit deblaschierte erdepfi gschtandn
des megns alle recht gern
die deblaschierten erdepfi
der hibiglvatter
und seine vier buam
und der oid busidl mags aa
die deblaschierten erdepfi
der mag ois
der oid busidl
ois
nachm essn is der hibiglvatter
aufn tisch auffi gschtiegn
und hat a liadl gsunga
und des liadl hat a soda ghoaßn
    hepfer dupfer knupfer
    dipfer depfer schnepfer
    hei knidl didl
    schnidl dei knedl
    hupf aufd höh
    hupf aufd höh
und da hams alle mitaranand gschrian
    hupf aufd höh
die vier buam vom hibiglvattern
und der oid busidl hat aa gschrian

der hat allawei geschrian
der oid busidl
allawei

szwoat kapitul

na hat der hibiglvatter gsagt
buama hat er gsagt
etzat geh ma aufd duit
und schaugn uns den dipfiwurzn verdederer an
und die vier buam vom hibiglvattern
hamd gschrian
jaaa da genga ma hin
und der oid busidl
der hat aa gschrian
der schreit allawei
der oid busidl
allawei

und nachad sans zum dipfiwurzn verdederer ganga
der hat a mordstrumm tablett
in die hend ghabt
und auf dem tablett
warn fünfasiebazg dipfiwurzn
am end warns gar sexasiebazg
i woaß des net gwieß
und die sexasiebazg dipfiwurzn
hamd allawei gniechazt und gnachazt
und gnudirlt hams
daßd sowas no net gseng hast

und da hams halt recht damisch lacha miaßn
der hibiglvatter
und seine vier buam
und der oid busidl
hat aa lacha miaßn
der muaß allawei lacha
der oid busidl
allawei

jw77

und nacha is der hibiglvatter
aufn tisch gschtiegn
und hat a liadl gsunga
und des liadl hat a soda ghoaßn
    hepfer dupfer knupfer
    dipfer depfer schnepfer
    hei knidl didl
    schnidl dei knedl
    hupf aufd höh
    hupf aufd höh
und da hams alle mitaranand gschrian
    hupf aufd höh
die vier buam vom hibiglvattern
und der oid busidl hat aa gschrian
der hat allawei gschrian
der oid busidl
allawei

sdritte kapitul

na hat der hibiglvatter gsagt
buama hat er gsagt
etzat geh ma umi
zum blandidl badetscherer

der blandidl badetscherer
hat allawei blandidln gfressn
oa blandidl nachm andern
oa blandidl nachm andern
da hat der hibiglvatter
an die deblaschierten erdepfi denka miaßn
und seine vier buam aa
und der oid busidl aa
der hat allawei
an die deblaschiertn erdepfi denka miaßn
der oid busidl
allawei

aber der blandidl badetscherer
hat weiter seine blandidln gfressen
oa blandidl nachn andern
oa blandidl nachn andern
und nacha hatsn zrissn

da is der hibiglvatter
vor lauter freid
aufn tisch aufi gschtiegn
und hat a liadl gsunga
und des liadl hat a soda ghoaßn
    hepfer dupfer knupfer
    dipfer depfer schnepfer
    hei knidl didl
    schnidl dei knedl
    hupf aufd höh
    hupf aufd höh
und da hams alle mitaranand gschrian
    hupf aufd höh
die vier buam vom hibiglvattern
und der oid busidl hat aa gschrian
der hat allawei gschrian
der oid busidl
allawei

svierte kapitul

na hat der hibiglvatter gsagt
etzat gehma no umi
zum minimus waaznwurschl
und nacha sans umi ganga
der hibiglvatter
und seine vier buam
und der oid busidl aa
der is allawei umi
zum minimus waaznwurschl
der oid busidl
allawei

der minimus waaznwurschl
miaßtses wissen
der hat gschpunna
total gschpunna hat der
wenn ma zu dem gsagt hat
    pumper dumper
    schnuridl buridl
    waschpari dampfl
    hupf aufd höh
    hupf aufd höh
nacha hat der minimus waaznwurschl
an hupferer macha miaßn

natürlich hat der hibiglvatter
allawei gschrian
    bumper dumper
    schnuridl buridl
    waschpari dampfl
    hupf aufd höh
    hupf aufd höh
und jedsmoi hat der minimus waaznwurschl
an gscheidn hupferer macha miaßn

und die vier buam vom hibiglvattern
hamd aa gschrian
    bumper dumper
    schnuridl buridl
    waschpari dampfl
    hupf aufd höh
    hupf aufd höh
und der minimus waaznwurschl
hat sein hupferer macha miaßn

bloß der oid busidl
hat si des schprüchl net merkn kenna
der hat si nia was merkn kenna
der oid busidl
der hat allawei gschrian
    bumperl schtumperl

grumperl humperl
und natürlich hat der
minimus waaznwurschl
bei einem solchenen schmarrn
den wo der oid busidl gschrian hat
koan hupferer net macha miaßn
aber der oid busidl
hat trotzdem lacha miaßn
der hat allawei lacha miaßn
der oid busidl
allawei

sfünfte kapitul

nacha hat der hibiglvatter gsagt
etzat gengama hoam
zum brotzeit macha
die deblaschiertn erdepfi
wern scho firti sei

und nacha sans hoam
der hibiglvatter
und seine vier buam
und der oid busidl aa
der is allawei hoam
zu die deblaschiertn erdepfi
der oid busidl
allawei

und jetzat fangat die gschicht
eigatlich erscht richtig an
denn nach der brotzeit
sans wieder aufd duit ganga
zum dipfiwurzn verdederer
und zum blandidl badetscherer
und zum minimus waaznwurschl
und nacha sans wieder hoam
zum brotzeitmacha

aber wann ma des ois
verzähln daad
was dem hibiglvatter
und seine vier buam
ois passiert is
und dem oidn busidl aa
wann ma des ois verzähln daad
der reih nach
nacha führat des ins uferlose
und der oid busidl aa
ins uferlose
und der oid busidl aa
ins uferlose
und der oid busidl aa …

schtücke zur hibiglgschicht

notabenschgerl

die gschicht
vom hibiglvatter
und seine vier buam
und vom oidn busidl aa
ist eine sogenannte einlaufschluppn
das heißt
es können beliebig viele
sonderschtückln
eingefügt werden

diese sonderschtückln heißt man
auf nord-süd-neu-hoch-schnubigl-baierisch
einlaufschluppn zuawag

zum bleischtift

erschte einlaufschluppn zuawag

na hat der hibiglvatter gsagt
jetzat gengama umi zum
bleiberl hetschn dandler

der bleiberl hetschn dandler
des war oana
der hat allawei
bleiberl hetschn verdantlt

da ham die vier buam geschrian
jaa da genga ma umi
und der oid busidl hat aa gschrian
der hat allawei gschrian
der oid busidl
allawei

wias nacha in die budn
vom bleiberl hetschn dandler
eina kemma san
da san an alle vierahalb wänd
soicherne hohe schtellaschn gschtandn
und in dene schtellaschn
waren lauter bleiberl hetschn
dreihundert fünfasiebazg tausend
dreihundert dreiadreißg
bleiberl hetschn
de hamd allesamt mit eahnane kepf gwacklt
allesamt hams mit de kepf gwacklt
de oan hinum
de andern herum
de ham aber fei scho so damisch
mit eahnane kepf gwacklt
daßd so was no net gseng hast
so damisch ham die
mit eahnane kepf gwacklt
daß alle
die wo des gseng ham

aa mit die kepf ham wackln miaßn
der hibiglvatter
und seine vier buam
und der oid busidl aa
der hat allawei
mit sein kopf wackln miaßn
der oid busidl
allawei

und nacha is der hibiglvatter
aufn tisch auffi gschtiegn
hat mitn kopf gwacklt
und hat a liadl gsunga
und des hat soda ghoaßn
    hepfer dupfer knupfer
    dipfer depfer schnepfer
    hei knidl didl
    schnidl dei knedl
    busidl busidl
    hupf aufd höh
    hupf aufd höh
und na hat der oid busidl
mitn kopf gwacklt
und hat an hupferer macha miaßn
der hat allawei
an hupferer macha miaßn
der oid busidl
allawei

zweite einlaufschluppn zuawag

na hat der hibiglvatter gsagt
etzat gengama umi zum
schnadidl dixn verdederer

na ham die vier buam
vom hibiglvatter gschrian
jaa da gengama umi
und der oid busidl hat aa gschrian
der is allawei umi zum
schnadidl dixn verdederer
der oid busidl
allawei

der schnadidl dixn verdederer
der hat an mordstrumm
habernschtepf am buckl ghabt
und vui schwabiberln im gsicht
zwoatausend und dreiasiebazg mindestens
lauter rote und blaue schwabiberln
so vui schwabiberln
wias alle no nia net gseng hamd
der hibiglvatter
und seine vier buam
und der oid busidl aa
der hat überhaupts no koane
schwabiberln net gseng
der oid busidl
überhaupts no koane
und wias des gseng hamd
da hatses alle sgiizln angfangt
aufm buckl und im gsicht
überall hatses giizlt
und gwiizlt und gwaazlt
den hibiglvatter
und seine vier buam
und den oidn busidl aa
den hats allawei giizlt

den oidn busidl
allawei
und da hat der hibiglvatter gschrian
buama hat er gschrian
buama gengama aussi
mi giizlts glei a so
mordstrumm damisch
genga ma aussi

und da ham die vier buam
vom hibiglvatter gschrian
jaa da gengama aussi
ins giizlts aara so
und der oid busidl
der hat aa gschrian
daßn giizlt
der hat allawei gschrian
daßn giizlt
der oid busidl
allawei

dritte einlaufschluppn zuawag

na hat der hibiglvatter gsagt
buama hat er gsagt
jetzat gengama no umi
zum schnupfheididlbums

na ham die vier buam gschrian
jaa da gengama umi
und der oid busidl aa
der is allawei umi
zum schnupfheididlbums
allawei

der schnupfheididlbums
is am tisch gsessn
und hat an großn topf
vor eahm schtehn ghabt
mit zwoa pfund schmalzler
ausm schnubiglbaierischen woid
den hat er nachanand ausgschnupft
den ganzn topf nachanand
und nacha hat er habitscherln miaßn
vierasiebazg moi
hinteranander
vierasiebazg moi
da hams alle recht mordstrumm damisch gschaut
der hibiglvatter
und seine vier buam
aber der oid busidl
hat aa gschnupft
der hat allawei gschnupft
der oid busidl
allawei
der hat so mordstrumm damisch vui gschnupft
an echtn brasil
ausm schnubiglbaierischen woid
daßd so was no net gseng hast

und nacha hat er habitscherln miaßn
dreiasiebazg moi
akkerat beinah so oft
wia der schnupfheididlbums
da hat der schnupfheididlbums
fei sauber damisch gschaugt
der schnupfheididlbums

aber der hibiglvatter
is aufn tisch auffi gschtiegn
und hat a liadl gsunga
und des hat a soda ghoaßn
        hepfer dupfer knupfer
        dipfer depfer schnepfer
        hei knidl didl
        schnidl dei knedl
        busidl busidl
        habitschi
und nacha ham die buama
vom hibiglvatter aa gschrian
        busidl busidl
        habitschi

und da hat der oid busidl
noch amal habitscherln miaßn
vierasiebazg moi
hat der oid busidl
habitscherln miaßn
akkerat so oft
ois wia der schnupfheididlbums
der hat allawei habitscherln miaßn
der schnupfheididlbums
allawei
und der oid busidl aa
allawei

notabenschgerl

um die schönheit dieses schtückls voll auszukosten
empfiehlt es sich
abends im bett die augen fest zuzumachen
und sich lebhaft folgendes vorzuschtellen:
373 333 bleiberl hetschn
die wo alle mit eahnane kepf wackln

blatschari plambimperer für kinder und soiche die wos wern woin

i hab amoi
wia i no a kloana bua gwen bin
a babuberl bamburi ghabt
a ganz a kloans babuberl bamburi
a glizn gleck gleigerl
glazn glanglunkerts
babuberl bamburi
gwieß wahr
– – –
und des hat
        bei biberl biri
        backer bebern bazt und
        bugl buberl buri
        blunz bluper bluzlt
                blum bluzer blei
                bicker backer bei
                bezn bizl beiberl
                buckl bunker brei
                        blusch
– – –
des war des kloa
babuberl bamburi
des wo i ghabt hab
wia i no a kloana bua gwen bin
a ganz a kloana bua
– – –
des mechst net glaubn
wia gschwind daß nacha die zeit vergeht

wann drobn am himmi

(langsam und fast flüsternd)

wann drobn am himmi
glambumbirln vergnitzkern
pfisterschtaad und
pfleiber gnaarischt

wann drobn am himmi
zwimper zwaaberln
zwischn die zwiebitzn glischpern
neibigl glurischt
blemper blei blieri
glisch – glisch –

na wiglt der bebern aufi
    vom wuwaazn
    heier wambubaazn
    überd weibischbm glandugnaazn
    überd hebiger beri beibipfn
    und blemper blei blie blaazn
glisch – glisch –

drobn am himmi

gschichten aus unterdinxbichl

aus der chronik von unterdinxbichl

da drunt in unterdinxbichl
neber dem wirtshaus
zum goidernen blumswurschtlbipperer
da hat amal a alter
gnaazn verbungbigl pfeipferer gwohnt
a ganz a alter
a ganz a ganz a alter
der war fei scho so alt
der war scho mindestens
mindestens –
aber im gnaazn verbungbigln
da hat er si auskennt
der gnaazn verbungbigl pfeipferer
da drunt in unterdinxbichl
neber dem wirtshaus
zum goidernen blumswurschtlbipperer
des kann ma net anders sagn

jetzt lebt er ja nimmer
er is scho lang gschtorbn
scho lang
mei
der is aa scho mindestens
mindestens –
aber damals hat er noch
akerat neber dem wirtshaus
zum goidernen blumswurschtlbipperer gwohnt
in unterdinxbichl
akerat

i hab eahm oft bsucht
wenn i in unterdinxbichl war
damals hab i allerwei
im wirtshaus
zum goidernen blumswurschtlbipperer gwohnt
wenn i in unterdinxbichl war
und akerat danebn
akerat neber dem wirtshaus
zum goidernen blumswurschtlbipperer
da hat der alte
gnaazn verbungbigl pfeipferer gwohnt
akerat neber dem wirtshaus
zum goidernen blumswurschtlbipperer
da hat der nix kennt
der alte gnaazn verbungbigl pfeipferer
nix
obsters glaubst oder net
nix
da hat der nix kennt

er hat si allerwei gfreit
wenn i eahm bsucht hab
da hat er si gfreit
wemma mitaranand graatscht hamd
i und der gnaazn verbungbigl pfeipferer
da hat er si gfreit

er war ja scho recht alt
recht alt
der war scho mindestens –
mindestens
aber damals hat er noch glebt
neber dem wirtshaus
zum goidernen blumswurschtlbipperer
in unterdinxbichl
der alte gnaazn verbungbigl pfeipferer
aber er war halt scho recht alt
recht alt

der hibiskus

leit gibts
des mechst net glaubn
leit gibts
da hauts di glatt um
da moanst glatt du schpinnst
wannst de sichst
leit gibts
de gibts gar net

i hab amoi oan kennt
drent in unterdinxbichl
der hat am linkn knie
an hibiskus ghabt
an hibiskus so groß
wiara leberknedl
und zwar net a so a kloana
wiastn im wirtshaus kriagst –
dopplt so groß scho mindestens
so oana
wiases bei uns dahoam gem hat
die leberknedl –
an jedn samstag hats bei uns dahoam
leberknedl gem
aber scho soicherne
daßd so was no net gseng hast
soicherne leberknedl
wiases bei uns dahoam
an jedn samstag gem hat –
so groß wiara hibiskus
den wo amoi oana ghabt hat
den wo i kennt hab –
drent in unterdinxbichl –
am linkn knie hat er den ghabt
den hibiskus
– – –
den wo i kennt hab

– – –
so groß wiara leberknödl
– – –
drent in unterdinxbichl
– – –
da hauts di glatt um
– – –
am linkn knie
– – –
den wo i kennt hab
– – –
den hibiskus
– – –
net a so
wiastn im wirtshaus kriagst
– – –
da moanst glatt
du schpinnst

der schtackl schtickter

in unterdinxbichl
da war amal a schtackl schtickter
a ganz a armer schtackl schtickter
der war fei scho so schtackl arm
daßd sowas no net gseng hast
so arm wia der söi
schtackl schtickter war

beim zúzipfertn perischlúbischl
der hätt amoi an richtigen
purgativitatschn plembemperer braucht
für sein hirnverschtand
aber fei scho einen soichternen
mordstrumm damischen
purgativitatschn plembemperer
für sein hirnverschtand
daßd sowas no net gseng hast
da hätt er sein hirnverschtand
amoi sauber purgiern könna
des hätt eahm not dan
heiliger búschniedl
des hätt eahm not dan
des derfst ma scho glaubn
an purgativitatschn plembemperer
für sein hirnverschtand
für sein total verschkroptossertn
hirnverschtand
für sein verschkroptossertn
oamoi in der wocha
meistens am glugitzltag
da is er obi
nach blutz blam bimmerlfing
nach blutz blam bimmerlfing
oder nach blam bim beiberldupfing
aber sonst
wenn er net grad drunt war

in blutz blam bimmerlfing
oder in blam bim beiberldupfing
am glugitzltag jede wocha
da is er dahoam gsessn
und hat schtackln gschticktert
an ganzn tag
gwieß wahr aa no
an ganzn tag hat er
schtackln gschticktert
an ganzn tag
in unterdinxbichl

da werst fei ganz damisch
schlubitzl damisch aa no
wannst an ganzn tag da hockst
und schtackln schtickterst
des kannst dir denka
deswegn war er aa a so arm
der schnackl schtickter
von unterdinxbichl
beim zúzipfertn perischlúbischl
des waar alles net a so
bubigl damisch gwen
wenn der amoi an richtign
purgativitatschn plembemperer
ghabt hätt
für sein hirnverschtand
aber fei scho einen soichternen
mordstrumm damischn
purgativitatschn plembemperer
für sein hirnverschtand
daßd so was no net gseng hast
aber göi woaßtas scho
der söi schtackl schtickter
is an ganzn tag
dahoam ghockt
in unterdinxbichl
wenn er net grad
in blutz blam bimmerlfing gwen is

oder in blam bim beiberldupfing
am glugitzltag jede wocha
nacha is er den ganzn tag
in unterdinxbichl ghockt
und hat schtackln gschticktert
an ganzn tag
da werst fei ganz scheen damisch
des mechst nicht glaubn
total schkroptossert werst da
in deim hirnverschtand
des mechst nicht glaubn
net glaubn mechst des
aber so gehts
und der fall von dem armen
schtackl schtickter
in unterdinxbichl
ist sozusagen ein klassischer fall
von schkroptossert wern
obsters glabst oder net
wenn so oaner an ganzn tag dahockt
a so a schtackl schtickter
wenn er net grad in
blutz blam bimmerlfing is
am glugitzltag jede wocha
oder in blam bim beiberldupfing
und wenn er nacha koan
purgativitatschn plembemperer net kriagt
für sein hirnverschtand
nacha werd er schkroptossert
ganz und gar schkroptossert
a so a schtackl schtickter
net glaubn mechst des
warum sand leit nur alle
a so eingwicklt

der knischper beribeiberl

in unterdinxbichl
da is amoi a
knischper beribeiberl gwen
a knischper beribeiberl
a brunazerter
a gnerignaxn bluzerter
a heididl wiriwuzn bambuwidlter
knischper beribeiberl
gwieß wahr
net glong

der is alle tag in der fruah umara sexe
und am sunntag umara halba sieme
aufgestandn
und nachad is er vor die tür aussi
hat in himmi gschaugt
und nacha hat er
    bli blei blaberl
    bluzn beberl gmacht und
    gnicker gnazn gneri
    gleckerl gliegerl gmacht und
    becker bicker bacht und
    buzn beberl glacht und
    biber beber bachter
    buberl baberl biberl
    bumper didl dei
gwieß wahr
net glong

an jedn tag in der fruah umara sexe
und am sunntag umara halba sieme
san dleit aufgwacht
und nachad hams gsagt
horch
was is denn jetzat des
is heit scho sechse

und am sunntag hams gsagt
is heit scho halba sieme
pfeigrad hams gsagt
heit is scho wieder sexe
und am sunntag hams gsagt
pfeigrad hams gsagt
is scho wieder halba sieme
pfeigrad
des is der knischper beribeiberl
der knischper beribeiberl
der brunazerte
der gnerignaxn bluzerte
der heididl wiri wuzn bambuwidlte
knischper beribeiberl
gwieß wahr
net glong

der is heit scho in der fruah aufgschtandn
und is vor die tür aussi
und hat in himmi auffi gschaugt
und jetzat hat er
    bli blei blaberl
    bluzn beberl gmacht und
    gnicker gnazn gneri
    glecker gliegerl gmacht und
    becker bicker bacht und
    buzn beberl glacht und
    biber beber bachter
    buberl baberl biberl
    bumper didl dei
gwieß wahr
net glong

eines tages
da ham die saubuam von oberdinxbichl
dem knischper beribeiberl
dem brunazertn
dem gnerignaxn bluzertn
dem heididl wiriwuzn bambuwidltn

knischper beribeiberl
dem ham die saubuam von oberdinxbichl
an obstler ins bier eini dan
daß er verschlafft
und pfeigrad
am andern tag da is er net aufgwacht
verschlaffa hat er
daßd so was no net gseng hast
aber des ham dleit gar net gschpannt
dleit von unterdinxbichl
weil die warn des gwohnt
daß um sexe aufwachn
und am sunntag umara halba sieme
aber der knischper beribeiberl
der brunazerte
der gnerignaxn bluzerte
der heididl wiriwuzn bambuwidlte
knischper beribeiberl
der hat gschlaffa
und gschnarcht hat er
gschni gschna gschnurarcherzt hat er
daß si die balken von sein haisl bogn hand
und davon san die leit
von unterdinxbichl aufgwacht
und nacha hams gsagt
horch
was is denn jetzat des
is heit scho sexe
und am sunntag hams gsagt
is heit scho halba sieme
pfeigrad hams gsagt
heit is scho wieder sexe
und am sunntag hams gsagt
pfeigrad hams gsagt
is scho wieder halba sieme
pfeigrad
des is der knischper beribeiberl
der knischper beribeiberl
der brunazerte

der gneri gnaxn bluzerte
der heididl wiri wuzn bambuwidlte
knischper beribeiberl
gwieß wahr
net glong

der is heit scho in der fruah aufgschtandn
und is vor die tür aussi
und hat in himmi auffi gschaugt
und jetzat hat er
 bli blei blaberl
 bluzn beberl gmacht und
 gnicker gnazn gneri
 glecker gliegerl gmacht und
 becker bicker bacht und
 buzn beberl glacht und
 biber beber bachter
 buberl baberl biberl
 bumper didl dei
gwieß wahr
net glong

des ham die leit gsagt
und hamd gar net gschpannt
daß der knischper beribeiberl
verschlaffa hat

so hamses gmacht
in unterdinxbichl
so hamses gmacht
mit dem knischper beribeiberl
mit dem brunazertn
mit dem gneri gnaxn bluzertn
mit dem heididl wiri wuzn bambuwidltn
knischper beribeiberl
gwieß wahr
net glong

der plambiernudlhemperer

in unterdinxbichl
da is amoi a plambiernudlhemperer gwen
dem sei hechste freid warn
plambiernudln
mit am koirabidampfl
und weinberln einizwischpert
zwiefi net vergessn
und an schnupftabeitl
ois nachschpui
des war pfeigrad sei hechste seligkeit

wenn der amoi
seine plambiernudln ghabt hat
seine plambiernudln
auf seim pfeipfertn
gnaarischtn bipferer
hubieberl damisch
wiara glatschkererbeni
blei blei blei
batschimperer
na hat er halbert
sein verschtand verlorn
sein hirnverschtand
net glogn

so oana war des
der plambiernudlhemperer
in unterdinxbichl
dem sei hechste freid warn
plambiernudln
mit am koirabidampfl
und weinberln einizwischpert
zwiefi net vergessn
und an schnupftabeitl
ois nachschpui
des war pfeigrad sei hechste seeligkeit
gwieß wahr

die epfidupfer

in unterdinxbichl
da san früherszeiten
jeds jahr am glugitzltag
die kloan epfidupfer kemman
haufenweis kloane epfidupfer
oana hinter dem andern
wia im gänsemarsch
so sand die kloan epfidupfer
nach unterdinxbichl kemman
jeds jahr
am glugitzltag
und hamd epfin dupft

des hat allaweil
zimpfti ausgschaugt
wenn die kloan epfidupfer
daher kemma sand
oana hinter dem andern
im gänsemarsch
am glugitzltag
a jeds jahr
und nachad hams epfin dupft
in unterdinxbichl

mei war des allaweil eine gaudi
mit die kloan epfidupfer
da hamma mir als buam mitlaufen dürfen
am glugitzltag
wenns daherkomma sand
die kloan epfidupfer

buama hat der vater gsagt
buama
jetzat kemma die epfidupfer
gehts aussi aufd straß
und laufts mit eahna mit

und nacha san mia
no ja mir warn halt buama damals
na san mia aufd straß aussi
und san hinter dene kloan epfidupfer hergrennt
hinter die kloan epfidupfer
so lang
bis nachat angfanga hamd
mitn epfi dupfern
da hamma mia zuaschaung dürfen
wia die nachat angfanga ham
mitn epfi dupfern
am glugitzltag
in unterdinxbichl

heutzutag gibts koane epfidupfer nimmer
net amal am glugitzltag
in unterdinxbichl
mit de epfi hatsesi ausdupfert
in unterdinxbichl
ausdupfert hatsesi
im gänsemarsch mit die kloan epfidupfer
und mia damals als kloane buam
wo mer hinterhergrennt sand
hinter die kloan epfidupfer
in unterdinxbichl
ausdupfert hatsesi
ausdupfert

schpanauderer

in unterdinxbichl
hats früherszeiten
haufenweis schpanauderer gebn
keriwantscherer
karibatschen schpanauderer
blau blei bli
karschwanizl bambazn
haufenweis wia sand im sandkasten
(net wia sand am meer
so vui warns aa wieder net)
aber haufenweis
keriwantscherer
keribatschen schpanauderer
blau blei bli

im winter sans
aufd blibitzn aussi ganga
heididl aufd blibitzn
hemper neididl bambazn
bebinú schnadl
da sans aufd blibitzn aussi ganga
heididl aufd blibitzn

aber des is lang her
heit zu tag
gibts in unterdinxbichl
so guat wia gar koane
schpanauderer mehr
schpanauderer
keriwantscherer
karibatschn schpanauderer
blau blei bli
karschwanizl bambazn
aber damals hats es haufenweis gebn
haufenweis wia sand im sandkasten
(net wia sand am meer

so vui warns aa wieder net)
aber haufenweis
keriwantscherer
karibatschen schpanauderer
blau blei bli

großes philosophicum

culturae nucleus
in schnubicolo

bitschi mit kommentatschenplembemperer

nebst einer in höchstem maße wissenschaftlichen einleitung

einleitung

笔

記

die form des bitschi kennt man
wenn auch in einem etwas anderen sinne
schon im alten china
es ist dort eine literarische kurzform
vor allem im zeitalter
der sung dynastie

man erkennt daraus eindeutig
daß die chinesen schon vor 800 jahren
eine wenn auch beschränkte kenntnis
von der schnubiglbaierischen poesie
gehabt haben müssen
das ist wissenschaftlich nachgewiesen

nach der theorie
der schnubiglbaierischen poetik
besteht das bitschi regelmäßig
aus drei teilen
jeder teil besteht regelmäßig
aus nur einer zeile
jede zeile besteht regelmäßig
aus nur einem wort

diese drei teile heißen
erstens das thezerl
zweitens das antithezerl
und drittens das sünthezerl
das ist wissenschaftlich nachgewiesen

sünthezerl schreibt man übrigens
mit ü
im deutschen schreibt man es
fälschlicherweise mit y

weil viele leute immer noch glauben
daß das wort aus dem griechischen kommt
das ist natürlich falsch
es kommt gar nicht aus dem griechischen
sondern aus dem schnubiglbaierischen
das ist durch eine handschrift
aus dem 13. jahrhundert
den berühmten codex schnub XII a
hinreichend nachgewiesen

das schunbiglbaierische bitschi
ist also höchst konzentriert
es enthält eine profunde
und geballte weisheit
ja eine geballte weisheit
es ist sozusagen eine nes weisheit
die erst in heißen schwieferln und glaazln
aufgelöst werden muß

diese weisheit ist so geballt
so geballt
daßd so was no net gseng hast
sie ist so geballt daß kein mensch
das bitschi allein verschtehn könnt
und deszweng ghört
zu einem jeden bitschi
ein sogenannter kommentatschenplembemperer

kommentatschenplembemperer
das heißt auf deutsch kommentar
kommentar
das ist natürlich kein deutsches wort
sondern ein fremdwort
es kommt aus dem schnubiglbaierischen
es ist abgeleitet von dem wort
kommentatschenplembemperer
das ist wissenschaftlich nachgewiesen
sogar mordstrumm wissenschaftlich

und wenn eine sache einmal
so mordstrumm damisch wissenschaftlich
nachgewiesen ist
daßd so was no net gseng hast
dann ist damit der höchste grad
von superlativitatschenplembemperer
wissenschaftlicher beweisführung erreicht
verschtengerns mi

bitschi

schnurigl –
bumperdigl –
bepf –

kommentatschenplembemperer

kupfertiegl *andante grazioso*
hennergigl
bowigl
schteibigl
zuckerschnigl
bigl eisn
eisn bigl
nigl nagl
nei nigl
bierkrügl
taschnschpiegl
schnubigl *dolce*

hurabigl *attaca furioso*
schurigl
roßschtriegl
schnigl digl
zornigl
hackerbigl *cresc.*
schpeitiegl
schweinigl

bepf *subito dolce*
hosnknepf
schepfleffl *poco a poco*
lefflschepf *rall.*
schepf lepf
hefnzepf
honigtepf
suppntepf
nachttepf
roßäpf
nasntrepf *schmorzando*
bepf
schnurigl –
bumperdigl –
bepf

traumgsicht namber zwoa

mir hat tramt bei der nacht
tramt hat mir
tramt 𝄐
was hat jetzat mir tramt bei der nacht
tram tramerlam
trama haba taba
tram tramerlam
tramt hat mir
mir hat tramt bei der nacht 𝄐

mir hat tramt
daß der ganze himmi
über und über voller voller
drum schtidl diri
dupferl gwen is
tram tramerlam
trama haba taba
des hat mir
tramt bei der nacht
tramt bei der nacht 𝄐

und 𝄐
de hamd
glistert und glustert
über und über
da paß auf
wia daß die glistert hamd
und glustert
über und über
am ganzn himmi umanand
glibister glibuster
schlibister schlibuster
am ganzn himmi umanand
über und über lauter
drum schtiri didl
dupferl umanand

drum schtiri didl
dupferl umanand
und die hamd
hupfer schtiri didl
diridupf deidl
hupf diri dum
schnupf dir ein
hupfer didl gmacht
schupfer didl gmacht
des hat mir
tramt bei der nacht
tram tramerlam
trama haba taba
tramt bei der nacht
des hat mir
tramt hat mir des 𝄐
ganz schtad bei der nacht
tramt hat mir des
wia daß die
drum schtidl diri dupferl
über und über am ganzn himmi
über und über
tram tramerlam
trama haba taba
tram tramerlam
tramt hat mir 𝄐

des kannst
überhaupts net sagn
wia daß des gwen is
so bubigl schlawundlbar
so schnudidl schlawundlbar
wia daß des gwen is
was mir tramt hat bei der nacht
tram tramerlam
tram tramerlam

notabenschgerl

bei an jeden fermatenplatschederer (𝄐) muaßt a lange pause macha verschtest mi

schnubiglbaierische beiträge zur atomphysik

mei ganzer kopf
mei ganzer kopf
der is aus lauter
kloane atomerln zammagsetzt
lauter kloane atomerl

de san fei scho so kloa
so kloa
daßd so was überhaupts
no net gseng hast
so kloan san de
lauter kloane atomerln

aber net bloß mei kopf
der deine scho aa
da brauchst dir nix denga
lauter kloane atomerln

aber de atomerln san aa no nix
bloß a kloans kernderl hams
die atomerln
a ganz a kloans kernderl
und rund umadum
um des kernderl
is nix
absolut gar nix

höchstens a paar elektronische
wuzerln
aber sonst nix
a totaler hohlraum
der reinste
nix nix pladuri datschn plembemperer
des is mei kopf

aber net nur der mei
der dei scho aa
da brauchst dir nix denga
ein totaler
nix nix pladuri datschn plembemperer
nix als wia bloß a hohlraum
und a paar elektronische
wuzerln
die wo da drin umananda tanzn
und in der mittn drina
a kernderl
a ganz a kloans kernderl
sonst nix

wenn i mir des vorstell
mei ganzer scheener kopf
nix
a hohlraum
mit a paar elektronische
wuzerln
und mit am kernderl in der mittn drina
a kernderl
des wo so kloan is
daßd so was no net gseng hast

wenn i mir des vorstell
na werd mir ganz damisch
in meim kopf drina
ganz damisch werd mir
in meim kopf da drina
in dem wo nix is
als a kloans kernderl
und a paar elektronische
wuzerln
und a hohler raum drum rum

aber net nur in mein kopf
in deim scho aa
brauchst dir nix denga

in deim scho aa

a hohlraum
a totaler
nix nix pladuri datschn plembemperer
und a kloans kernderl ina drinna
nur a ganz a kloans kernderl

wenn i mir des vorstell
mei scheener kopf
mei scheener kopf
und der deine aa

der zibuzi

der zibúzi wóaß
daß er níx woaß
der zibúzi

der zibúzi hoit dgóschn
weil er wóaß
daß er níx woaß
der zibúzi

wenn er ságt
daß er wóaß
na líagt er
der zibúzi

wenn er ságt
daß er níx woaß
na líagt er
der zibúzi

wenn er ságt
daß er wóaß
daß er níx woaß
na líagt er
der zibúzi

deswéng
sagt er níx
der zibúzi
weil er wóaß
daß er níx woaß
und désweng
sagt er níx
gar níx
der zibúzi

知不知

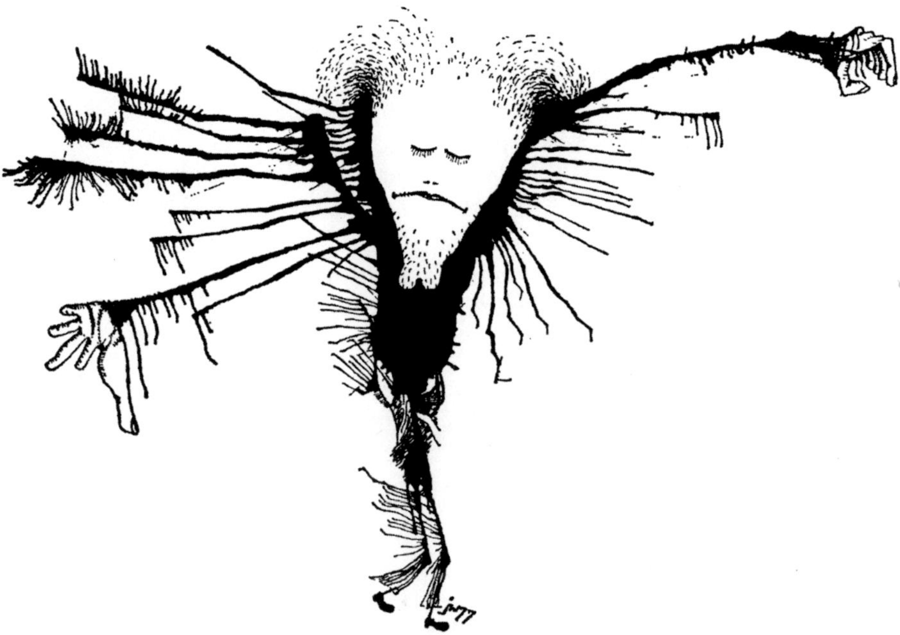

nachwort

ideen zu einer probier
über schnubigl baierische mundart und poesie

schnubigl baierisch
besser gesagt nord süd neu hoch schnubigl baierisch
ist die offizielle amtssprache
in der schnubigl putanischen provinz

die schnubigl baierische mundart
ist eine mischsprache
bestehend aus der mittelbaierischen mundart einerseits
und aus schwieferln und glaazln andererseits

was schwieferln und glaazln sind
das weiß heutzutag a jeds kind
es sind wörter
die wo es gar nicht gibt
die wo aber so tun
als ob es sie geben tät

es gibt auch noch anderne
ganz raffinierte schwieferln und glaazln
nämlich solcherne wörter
die wo es gibt
die wo aber so tun
als ob es sie nicht geben tät

die eigenart
der schnubigl baierischen poesie
besteht darin
daß der leser nie mit sicherheit voraussagen kann
ob der autor mit dem
was er sagt
etwas gemeint hat oder nicht
und wenn er was gemeint hat
was er gemeint hat

das bringt schwung in die phantasie des lesers
das erhält jung
trimmts enk
die profunde weisheit
der schnubigl baierischen poesie
sie wird verborgen
damit man sie entdecken kann
verschtengerns mi

drum sag i allawei
leitln sag i
derts schnubigln

in einem weiteren sinne
kann man auch sagen
die schnubigl baierische poesie
ist eine kombination
von wortspiel und klangspiel
vulgo gloss eulalie
das heißt wohlklang der zunge
oder mit dem nord süd neu hoch schnubigl
baierischen fachausdruck
a wort schpui musikalitatschn plembemperer

baß nur auf
balstu zwischen dene schwieferln und glaazln liest
nacha wirstu goidane fiebigln findn
daßd so was noch net geseng hast
da baß auf

dieses mag beim ersten überdenken
verwirrend erscheinen
und in der tat
es ist alles nur faßbar
wenn man die höhere seinsweise
eines homo schnubiculensis
erreicht hat und
wenn einen der schnubigl reitet

wie denn schon
die alte chinesische spruchweisheit besagt
den reitet der schnubigl und
wenn man den status erreicht hat
von welchem shakespeare sagt
sicher dachte er dabei
an die ihm geläufige
schnubigl baierische poesie
o, matter und impertinancy mix'd
reason in madness

postscriptum

dieses nachwort
führt im titel das vocabulum probier
unter probier versteht man
in der nord süd neu hoch schnubigl
baierischen fachsprache
ein essay
eine wissenschaftliche untersuchung
gwieß wahr

glossar

(das sind wörter, die wo einen sinn haben, auch wenn sie teilweise mit schnubikulierenden wortteilen angereichert sind)

akzentatschen plembemperer (´), ein betonungszeichen in schtückln, in denen es beim aufsagen besonders auf den rhythmus ankommt

bambuznschtückln, gedichte, im gegensatz zu den pezographischen geschichten

bitschi (chin. bǐ jì), eine kurze notiz, eine äußerst konzentrierte bemerkung

burzigaugerl parthie, eine folge von geistigen purzelbäumen. parthie heißt man in der baierischen volksmusik eine folge von gleichen tanzstükken, z. b. eine parthie landler

eingreuschzammablandudl, inhaltsverzeichnis

einlaufschluppn, anklang an einlaufsuppe; hier ist gemeint eine rahmengeschichte. das dazu nötige einschiebsel heißt *einlaufschluppn zuawag*

fermatenplatschederer (𝄐) das bedeutet eine längere pause

gaudinockerl, s. gaudiknoschperln

gaudiknoschperln, essentielles teilschtück der gaudinockerln (s. d.)

halbschnalzer, anklang an halbwalzer; hier ist ein schtückl gemeint, in dem prosa und vers ineinander übergehen

hinterbungler, hinterteil

kauderig, etwa s. v. w. melancholisch

kohldampf, hunger

lechl, stadtviertel in münchen, wo der verfasser geboren ist

notabenschgerl, anmerkung

pezographie (neugriech.) s. v. w. prosa

podagraxl, s. v. w. podagra, gicht

purgativitatschen plembemperer, empfehlenswertes, absolut sicher, ja explosionsartig wirkendes mittel

schkroptossert verschkroptossert (dän. skruptosset), total verrückt

schtackl schtickter (dän. stakkels digter), armer dichter

schwieferln und glaazln, wörter, die wo es nicht gibt, die wo aber so tun, als ob es sie geben tät

siauschuacherln (chin. xiăo shuō), kurzgeschichte

zamma blimbadim schtückl, ein gedieht mit vokalharmonie

zibuzi, alte schnubiglbaierische spruchweisheit, schon vor mehr als 2000 jahren von dem chinesischen philosophen laotse in kap. 71 seines buches zitiert (chin.zhī bù zhī, das heißt, wissen, daß man nichts weiß)

zipperl, s. v. w. zipperlein, gicht

zuckerprepuzerl, s. I. buch sam. 18,25–27

ich übergebe dieses buch dem verehrten publico
in der hoffnung, daß es kein best seller wird
denn je bester der seller
umso frager die würdigkeit

fh

eingreuschzammablandudl